同济大学中央高校基本科研业务费专项基金资助
全国高校外语教学科研项目资助（项目批号：2014SH0005B）

# 诗歌即人生批评
—— 马修·阿诺德的诗学研究

吕佩爱　著

## 内容提要

英国维多利亚时期著名的诗人兼批评家马修·阿诺德(Matthew Arnold),不仅是英国文学学术批评的奠基人,也是现代通俗文化研究的开拓者、西方古典人文主义教育的力倡者。作为国内外学界长期以来的文化研究热点,阿诺德的诗学理论、诗作赏析和诗人评价,也引发了中西诗界经久不息的争论和研讨,但一直缺乏系统深入的研究。本书填补了学界对马修·阿诺德诗学研究的空白,对于文学创作、文学史研究和文学批评等领域的专家学者和学人有着重要的学术价值。

### 图书在版编目(CIP)数据

诗歌即人生批评 / 吕佩爱著. -- 上海:同济大学出版社,2017.5
　　ISBN 978-7-5608-6904-9

Ⅰ.①诗… Ⅱ.①吕… Ⅲ.①阿诺德(Matthew Arnold 1822-1888)—诗学—研究 Ⅳ.I561.072

中国版本图书馆 CIP 数据核字(2017)第 085571 号

---

### 诗歌即人生批评

吕佩爱 著

| 责任编辑 | 张　翠 | 责任校对 | 徐春莲 | 封面设计 | 陈益平 |

| | | |
|---|---|---|
| 出版发行 | 同济大学出版社　www.tongjipress.com.cn |
| | (地址:上海市四平路1239号　邮编:200092　电话:021-65985622) |
| 经　销 | 全国新华书店 |
| 印　刷 | 常熟市华顺印刷有限公司 |
| 开　本 | 787 mm×1092 mm　1/16 |
| 印　张 | 7.75 |
| 字　数 | 155 000 |
| 版　次 | 2017 年 5 月第 1 版　2017 年 5 月第 1 次印刷 |
| 书　号 | ISBN 978-7-5608-6904-9 |
| 定　价 | 32.00 元 |

本书若有印装质量问题,请向本社发行部调换　版权所有　侵权必究

# 目 录
Contents

引言

## 第一章　马修·阿诺德的诗学理论 …………………………………… 6
### 第一节　诗歌即人生批评 …………………………………………… 6
### 第二节　诗歌愉悦的宗旨 …………………………………………… 9
### 第三节　诗歌题材的选择 …………………………………………… 12
### 第四节　诗歌恰当的表达 …………………………………………… 14
### 第五节　超然无执的态度 …………………………………………… 17
### 第六节　诗歌评判的准则 …………………………………………… 21
### 第七节　诗歌翻译的要义 …………………………………………… 23

## 第二章　马修·阿诺德的诗作赏析 …………………………………… 30
### 第一节　信仰之海潮退的哀歌——读《多佛海滩》 ………………… 30
### 第二节　我送你远航，却种下忧伤——读《被遗弃的人鱼》 ……… 36
### 第三节　斯人已逝，幽思长存——读《六月之夜》 ………………… 41
### 第四节　缘分天定，人难强勉——读《相遇恨晚》 ………………… 45
### 第五节　异化的孤独——读《隔。致玛格丽特》 …………………… 49
### 第六节　悲怆彷徨，愤懑难解——读《夜莺》 ……………………… 54
### 第七节　外表光鲜难掩内心质朴——读《诗的艰苦》等 …………… 63

## 第三章　马修·阿诺德的诗人评价 …………………………………… 67
### 第一节　灿烂的英诗之父——对乔叟的评价 ………………………… 67

第二节　高山仰止,景行行止——对莎士比亚的评价 …………………… 72
　　第三节　苏格兰诗学大家——对彭斯的评价 ………………………… 77
　　第四节　刻画生活的艺术大师——对华兹华斯的评价 ……………… 79
　　第五节　真诚与力量的代表——对拜伦的评价 ……………………… 86
　　第六节　华而不实的天使——对雪莱的评价 ………………………… 89
　　第七节　希望和幸福的坚守者——对爱默生的评价 ………………… 91

**第四章　马修·阿诺德的诗学影响** ……………………………………… 97
　　第一节　在西方诗界的争议 …………………………………………… 97
　　第二节　与吴宓等人的渊源 …………………………………………… 101
　　第三节　对当今诗坛的启示 …………………………………………… 103

**结语** ………………………………………………………………………… 106

**参考文献** …………………………………………………………………… 108

# 引　言

马修·阿诺德(Matthew Arnold，1822—1888)是英国维多利亚时期著名的诗人兼批评家,在西方思想文化史上享有崇高的历史地位。阿诺德作为批评大家早已为世人所熟知和称颂,而其作为优秀诗人却还存在着仁者见仁、智者见智的看法。与同时代的诗人阿尔弗雷德·丁尼生(Alfred Tennyson)、罗伯特·勃朗宁(Robert Browning)相比,诗人阿诺德并没有获得其应有的赞誉。吴宓也曾评价说:"安(阿)诺德之诗才,常为其(批评家)文名所淹。"

事实上,阿诺德的文名起源于诗歌,其成就也得到多数人认可。从1849年至1867年,他一共出版了5部诗歌集,创作了130余首诗歌,包括戏剧体诗、十四行诗、叙事诗、抒情诗等各类体裁。在诗歌创作的同时,他还在1857—1867年间被聘为"牛津大学诗歌教授",作了关于文学批评的系列演讲,如《论荷马史诗的译本》(On Translating Homer)《论凯尔特文学研究》(On the Study of Celtic Literature)《当代批评的功用》(The Function of Criticism at the Present Time)等。此外,他还发表了《诗集》(序言,1853)《论诗》《华兹华斯诗歌选序言》《文学中的现代因素》等评论性文章,阐发了他的诗学理论和批评观点。

但长期以来,国内外学界对于阿诺德的诗学成就存在着褒贬不一、莫衷一是的争论:有人称赞他为英国诗坛的巨匠,也有人将其贬斥为不入流的诗人;有人关注他忧郁悲怆的诗歌风格,也有人探究其劫后重生的文化命题……姑不论这些观点的是与非,单就160年来阿诺德的诗学始终引起学界经久不衰地关注和争论,足以表明他在英国文坛星空的璀璨夺目。

## 一、阿诺德诗学研究的现状

国外对于阿诺德的诗学研究,主要体现在:一是对阿诺德少数优秀诗作的深入解读,如对《多佛海滩》《吉普赛学者》《隐逸的生活》等名篇的个案研究;二是对阿诺德诗歌创作文化渊源的研究,如《诗人阿诺德》(Wilfrid King,1933)《马修·阿诺德的试金石理论》(John Shepard Eells, Jr., 1955)《古典作家对阿诺德诗歌的影响》(Ralph E. Houghton,1977)等;三是对阿诺德诗学理论的专题研究,如对其文论《诗歌研究》(Mary W. Schneider,1989)《当代批评的功用》(Timothy Peltason,1994)进行剖析,对其"人生批评"理论(Donald Stone,1997)和"超然无执"态度(David Bromwich,1989)等进行解读。多年来,研究者们对阿诺德的诗学理论及其创作风格一直持有不同意见。有人把阿诺德的诗学理论与文化批评相关联,为其贴上"文化精英主义"的标签(Joseph Selden,1982;Raman Selden,2004);有人洞察到"人类永恒的哀伤"是阿诺德诗歌的不变色调,为其戴上了"悲观主义者"的帽子(John McGowan,2009;William Robbins,1987;Douglas Bush,1971);有人对他"超然无执"的批评态度推崇备至(John Bryson,1954;Lewis E. Gate,1957);也有人对其"试金石"的评判标准提出质疑(James Russell Lowell,1986;Stuart P. Sherman,1917),这些见仁见智的观点为本书研究提供了广阔的国际视野和中外学术交流对话的参照。

国内对于阿诺德的诗学研究,始于20世纪上半叶。1919年,闻一多曾用五言古体诗翻译了阿诺德的《飞渡矶》(*Dover Beach*);1923年吴宓翻译了《挽歌》(*Requiescat*);1925年李惟果翻译了《鲛人歌》(*The Forsaken Merman*)等。随后,"学衡派"对阿诺德的诗学理论开展了较多的译介和评价;吴宓还曾以"东方安诺德"自况,表明其对阿诺德的推崇。新中国成立后,虽然阿诺德的文化思想一度被视为保守派代表而备受冷遇,但其诗学理论仍一直受到学界关注。综述如下:一是对阿诺德诗学文论的译介。如殷葆瑮翻译的《安诺德文学评论选集》(1958)、伍蠡甫主编的《西方古今文论选》(1984)、盛宁等译的《十九世纪英国文论选》(1985)等,选译了阿诺德关于诗歌宏旨、题材选择、批评功用、翻译风格等方面的著述。二是对阿诺德经典诗作的译介。如罗义蕴等编注的《英诗金库》(1987)、飞白主编的《世界诗库》(1994)、刘守兰的《英美名诗解读》(2003)等,选译了阿诺德的《被遗弃的人鱼》《安灵曲》《吉普赛学者》《多佛海滩》等诗作名篇。三是对阿诺德诗学理论的综述研究。如杨冬主编的《西方文学批评史》(1998)、张玉能主编的《西方文论》(2002)有关章节阐述了阿诺德的"人生批评"理论,钱青主编的《英国19世纪文学史》(2006)曾单列一节对阿诺德的诗歌特点、诗学理论和文学批评等进行系统归纳。四是对阿诺德某些诗学观点作深入阐发。如王守仁的《赋予生存以美的形式——论马修·阿诺德的戏剧片断体诗》(2000)、张建青的《追求超然无执的健全理智——马修·阿诺德的文学批评观》(2007)、刘意青的《评阿诺德"去个人好恶"的文学批评原则》(2009)、殷企平的《夜尽了，昼将至：〈多佛海滩〉的文化命题》(2010)从不同视角作了赏析；王华勇的博士论文《文化与焦虑：马修·阿诺德诗歌研究》则从文化批评的维度尝试解读阿诺德部分诗歌背后的意蕴。这些前人的研究成果，为本书研究提供了重要文献资料，拓宽了基本研究思路，延展了学术探讨的空间。

综上可知，阿诺德的诗学研究在中外学界都受到了较为广泛地关注，也引起了见仁见智的争鸣。但现有成果大多散见于对阿诺德少数诗作和一个或几个观点的探讨研究，尚缺乏对阿诺德的诗学理论、诗作赏析与诗人评价作为一个逻辑严密、相互关联的体系进行的整合建构。另外，作为诗人，阿诺德20余年的诗歌创作生涯，130余首诗歌中也不乏精品力作，但目前国内对阿诺德的诗歌作品，已译成中文的不足30首。除《多佛海滩》外，学界对其他诗歌的创作背景、征引典故、意蕴表达和风格特色等，研究成果也非常有限。这不能不说是一大缺憾。

本书拟结合阿诺德诗学理论的科学内涵、阿诺德诗歌创作的深刻意蕴和阿诺德对重要诗人的独特评价，整体梳理把握其诗学理论的文化渊源、深刻内涵、深远影响和实践价值，寻踪其诗学理念与批评实践的发展轨迹，探究其观察社会和解析人生的心路历程，以期弥补上述研究的缺憾与不足。

## 二、研究的目标、思路和价值

本书在研读阿诺德关于诗学理论、诗作欣赏和诗人评价著述的基础上，聚焦于阿诺德诗学理论的体系建构、诗歌作品的内涵分析和诗人评价的正确理解，期望能达到以下三方面的研究目标：

第一，对阿诺德的诗学理论进行脉络清晰、逻辑严谨、特色鲜明的体系建构。阿诺德关于诗歌的崇高使命、诗歌创作的宏旨、诗歌主题的表达、诗歌题材的选择、诗歌风格的采用以及诗歌评判的标准等观点，构成了阿诺德"诗歌即人生批评"的诗学理论体系。这个理论体系也是指导阿诺德诗歌创作及诗人评价的根本指针。

第二,对阿诺德的相关名篇佳作进行力所能及、精准达意的译介、解读和赏析。阿诺德创作的许多诗作名篇,如《多佛海滩》《被遗弃的人鱼》《致玛格丽特》《夜莺》等,在创作背景、征引典故、意蕴表达和风格特色等方面都具有丰富的语义场,从中折射出阿诺德诗意的品味及其创作的心路历程。

第三,对阿诺德的诗人评价进行实事求是、客观公允、全面准确的分析理解。阿诺德依据自己坚守的诗学理念和评判标准,对乔叟、莎士比亚、彭斯、华兹华斯、拜伦、雪莱、爱默生等诗学名家作出了视角独特而又让人信服的评价。本书在细读、梳理和归纳阿诺德有关诗人评价的基础上,就正确理解阿诺德的观点提出自己的分析和思考。

本书研究的学术价值和应用价值在于:

**学术价值:** 阿诺德关于诗歌创作的宏旨、诗歌题材的选择、诗歌风格的采用、诗歌翻译的精准以及诗歌评判的尺度等论述,构成了一个文风犀利、说理透彻、环环相扣的诗学理论体系,而诗歌创作和诗人评价又是躬行其诗学理念的生动阐释。本书聚焦于阿诺德诗学理论的体系建构、名篇佳作的赏析解读及重要诗人的独特评价,形成对阿诺德诗学多维度、多层面的立体式研究,具有重要的文学价值。

**应用价值:** "诗歌即人生批评"是阿诺德的诗学理念、诗歌创作和批评实践始终贯穿的红线。其中倡导诗歌要高扬真、善、美的价值取向,要坚持崇高、严肃的道德准则,构成了英国文学批评的一种优良传统,也成为英国文学宝库的一道亮丽风景。阿诺德的诗学理论与实践,无疑给当下诗坛文化的扶正祛邪确立了一个指向性标杆,也给中国繁荣社会主义文艺事业汇聚了相应的正能量。

## 三、研究的方法、重点和难点

本书采用文献综述法、文本细读法、比较分析法、历史考察法和综合评判法等,遵循历史与逻辑相统一、传统与现代相观照的原则,深入开展多维度、多视角的研究,并在阐述客观事实的基础上进行理论分析,避免议论的空泛和结论的臆断。

重点是以阿诺德诗学发展演变的理路为经,以其诗歌创作和批评实践作纬,结合时代背景、文化命题、济世情怀,形成对阿诺德诗学的整体性、系统性研究。难点有三:

其一,阿诺德本人一直宣称自己的思想"没有体系",他也疏于构建自己的思想理论体系。许多睿智的观点都散见于不同时期的不同论著中,认真且细致地发掘和梳理这些观点绝非易事。

其二,阿诺德逝世距今已近130年,他立足欧洲历史文化传统和资本主义扩张时代所提出的诗学理论,如何适应当下中国的文化语境及后现代主义的时代需求,作为课题研究必须认真思考。

其三,阿诺德的诗学理论对中国现当代许多文学家都曾产生过深刻影响,相关诗学研究论著散见于20世纪前期的许多报刊杂志,要广泛收集这些文章并深入发掘其思想内涵,非常有难度。

# 第一章　马修·阿诺德的诗学理论

马修·阿诺德的诗作被认为是维多利亚时期英国诗歌的代表,其"作为一个病态社会的病态心灵的记录,的确反映了维多利亚社会的心绪走向和发展主线"。①为什么会有如此的评价?一切皆缘于阿诺德的诗学理论。阿诺德关于诗歌要"严肃崇高"的道德使命、"给人愉悦"的创作宏旨、"卓越行动"的题材选择、"精准恰当"的风格表达、"超然无执"的批评态度、"试金石"的评判标准以及着眼"整体印象"和文体风格的翻译要义等观点,构成了其"诗歌即人生批评"的诗学理论体系。这个理论体系既是阿诺德接受西方人文主义传统的文脉体现,也是指导其进行诗歌创作及诗人评价的行动指南。

## 第一节　诗歌即人生批评

阿诺德生活在英国国力最为强盛的维多利亚时期,也是英国资本主义急剧扩张的辉煌时期。在这样一个物质至上、急功近利的时代,传统的、胸怀宽广的文人(men of letters),正日益被做专门学问的学人和市场导向下的商业写作所替代。正如英国马克思主义批评家、曾任牛津大学教授的伊格尔顿(Terry Eagleton)所说,阿诺德代表了"维多利亚最后一代文化伟人——既非学人亦非以文谋利者,而是穿越于诗歌、批评、期刊杂志和社会评论之间,可以说是一种发自公众领域内部的声音……与柯尔律治、卡莱尔和罗斯金等人一样,阿诺德表现出知识分子的两大古典标志,而与学术知识分子形成对照:他拒绝被绑缚在单一的话语领域内,他寻

---

① 钱青.英国19世纪文学史[M].北京:外语教学与研究出版社,2006.P181.

求使思想对整个社会生活产生影响"。①

基于西方人文传统中实证主义的深刻影响与"两希"精神(古希腊的科学精神和古希伯来的宗教精神)的强烈震撼,阿诺德倡导了著名的"人生批评"论。他认为人类精神的理想在于不断扩展自身的能力和智慧,使自己趋于完美;而要实现这一理想,文化是不可或缺的帮手。文化不仅致力于看清事物的本相,获得关于普遍秩序的知识,而且还要付诸实践,使其所构建的完美理念通行于天下,从而显示出文化的道德品格和社会品格。为此,他力图糅合古希腊的科学精神与古希伯来的宗教精神,促进人性的完善和社会的和谐发展。因为古希腊精神(智)与古希伯来精神(行)是影响世界运转的两种力量,它们都以人类完善为终极目标。古希腊精神最为重要的理念是如实看清事物之本相,其主导思想是意识的自发性;古希伯来精神中最主要的则是行为和服从,其主导思想是严正的良知。② 基于对古希腊精神的推崇和对当时英国社会崇尚希伯来精神太久,过分在意自己的行动的现实,阿诺德认为,英国首要的任务是具备理性精神和科学认识,对待任何知识领域、学科都要运用理性加以审视和反思。这种批判精神是人类社会发展的主要精神动力,同时这种批评要保持"超然无执"的态度。只有这种超越了宗派和党派利益的局限、客观公允的批判思考,才能服从事物本性的规律,而对其展开一种精神的自由运用,最终创造出一股纯正和新鲜的思想潮流。

具体到诗歌领域,阿诺德则提出了"诗歌即人生批评"的著名理念。在《论诗》的开篇,阿诺德就对诗歌赋予了神圣而崇高的使命。他说:面对时光的飞速流逝和社会的急剧变革,"没有哪一种信念不发生动摇的,没有哪一种信奉已久的教义不被怀疑的,没有哪一种大家接受的传统不要解体的,"③而此时,"诗的前途是远大的,因为我们民族会随着时间的前进,在不负自己的崇高使命的诗里,找到愈益可

---

① [英]马修·阿诺德. 文化与无政府状态——政治与社会批评[M]. 韩敏中,译. 北京:生活·读书·新知三联书店,2008. P7.

② [英]马修·阿诺德. 文化与无政府状态——政治与社会批评[M]. 韩敏中,译. 北京:生活·读书·新知三联书店,2008. P99-100.

③ [英]马修·阿诺德. 安诺德文学评论选集:"评荷马史诗的译本"及其他[M]. 殷葆瑺,译. 北京:人民文学出版社,1958. P82.

靠的支持。"①过去宗教把自己物质化在假定的事实里,把它的感情寄托在事实上,而今天的事实却无力支持它。随着自然科学的发展和生物进化论的提出,西方宗教信仰的支柱轰然坍塌,人们迫切需要寻找新的精神寄托。为此,阿诺德提出,"在诗里,观念是一切,其余的世界都是幻觉,神秘的幻觉。诗把它的感情寄托在观念上;而观念却是事实。我们今天宗教的最坚强的一部分倒是它的不自觉的诗。""人类逐渐地发现我们必须求助于诗来为我们解释生活,安慰我们,支持我们。没有诗,我们的科学就要显得不完备;而今天我们大部分当作宗教或哲学看的东西,也将为诗代替。"②阿诺德还引述华兹华斯的话说,诗是"一切知识的精神和精华"。对于这种无以复加的高度推崇,难怪有西方学者评论说,阿诺德把诗歌演绎到了"诗教"的高度。基于这种认识前提,在《华兹华斯诗集序言》中,阿诺德强调,"归根结底,诗是生活的批判;诗人的伟大,在于把观念有力而美丽地应用到生活上——应用到怎样生活的这样一个问题上。"③如何理解阿诺德的这个观点呢?

首先,诗歌要具有思想性、批判性。阿诺德认为,"诗是人类的最完善的语言,是最接近于表达真理的语言。"④为此,诗人"应该理解人生和世界,然后在诗中处理它们。现代的人生与世界十分复杂,一位现代诗人的创造如果要具有很大价值的话,其中就必定包含一番巨大的批评功夫,否则它将成为一桩比较贫乏和生命短暂的事业了"⑤。

其次,诗歌还要具有道德性、严肃性。就是说,诗歌要提供人生的解释和评价,要反映生活的秩序和规则。"诗歌的伟大之处在于它能将观念有力而美丽地应用到生活中,应用到怎样生活这样一个问题上。"而怎样生活是个道德问题。因此,"违反道德观念的诗,就是违反生活的诗;对于道德漠不关心的诗,就是对生活漠不

---

① [英]马修·阿诺德.安诺德文学评论选集:"评荷马史诗的译本"及其他[M].殷葆瑹,译.北京:人民文学出版社,1958.P82.

② [英]马修·阿诺德.安诺德文学评论选集:"评荷马史诗的译本"及其他[M].殷葆瑹,译.北京:人民文学出版社,1958.P82-83.

③ [英]马修·阿诺德.安诺德文学评论选集:"评荷马史诗的译本"及其他[M].殷葆瑹,译.北京:人民文学出版社,1958.P140-141.

④ [英]马修·阿诺德.安诺德文学评论选集:"评荷马史诗的译本"及其他[M].殷葆瑹,译.北京:人民文学出版社,1958.P133.

⑤ Lionel Trilling. *The Portable Matthew Arnold*. New York: The Viking Press, 1963. P238.

关心的诗"。①显然,这里的"道德"已经不再局限于伦理学的范畴,而是对于整个生活本身,对于人类经验中某种规律的把握。

再次,诗歌还应该是内容与形式的完美结合。人生批评必须与诗的真(poetic truth)和诗的美(poetic beauty)这两条法则完美地结合起来。诗歌必须真实、严肃;"诗歌主张美,主张人性在一切方面均应臻至完善,这是诗歌的主旨",而且"希腊最优秀的艺术和诗歌是诗教合一的,关于美、关于人性全面达到完美的思想,添加了宗教虔敬的能量,成为充满活力的动因。正因为如此,希腊的优秀诗歌艺术对我们至关重要,能给我们以重大启示"。②为此,作品内容要富有真理性、严肃性;词语、形式要巧妙、完美。阿诺德认为,"最好的诗的题材与内容上的那种真实与严肃的优美特征,是和风格与表现手法上的那种词汇与行动的优美特征分不开的。这两种优美是密切结合着的,并且彼此是坚持着成正比的。"③可见,阿诺德也十分重视作品的有机整体性,反对割裂道德内容和审美形式的关联性。

## 第二节 诗歌愉悦的宗旨

《埃特纳山上的恩培多克勒》是阿诺德早期创作的一首著名长诗,曾作为他1852年诗集的题名之作。但是在1853年,阿诺德在编辑其第三部诗集的过程中,却将之全部删去并一直不肯收录到他的《新诗集》中。直到1867年应友人罗伯特·勃朗宁(Robert Browning)的执意恳请,才再次把它编入诗集。在1853年的诗集序言中,阿诺德专门解释了删除此诗的原委,并由此阐明了他对"诗歌应给人以愉悦享受"的观点。

阿诺德认为,任何一种文艺形式,只要是描述准确、表达贴切、都是有趣的,因为这满足了人们向往各种知识的天然兴趣。但是对于诗歌而言,阿诺德指出,不能仅仅停留在因描绘准确而使之有趣的层面,它应当具有更高的要求。"我们要求这

---

① Lionel Trilling. The Portable Matthew Arnold. New York: The Viking Press, 1963. P343.
② [英]马修·阿诺德. 文化与无政府状态——政治与社会批评[M]. 韩敏中,译. 北京:生活·读书·新知三联书店,2008. P18.
③ 张玉能,主编. 西方文论[M]. 武汉:华中师范大学出版社,2002. P229-230.

种描绘不仅要使读者感到趣味盎然,而且能够激励读者,使他高兴:它必须动人以魅力,给人以快乐。正如赫西俄德所说,缪斯之所以诞生,是她们可以使人'忘却丑恶,无忧无虑'。所以诗人只给人增长知识还不够,还必须为人类增添幸福。"①因此,阿诺德认为,诗歌创作的宗旨,仅限于因描绘准确而有趣还不够,还必须让人从中得到愉悦的享受。这种愉悦,不在于表现形式的滑稽或喜剧效果,而在于高尚的思想内容和完美的故事情节;这种愉悦,是比纯粹因精确描绘和增长知识带给人的有趣,更高层面上的一种精神释放。美好的诗歌,不管是喜剧还是悲剧,都内在地蕴含着这样一种本质的东西。阿诺德说:"当人们看到一篇艺术著作中,在表现最悲惨的境遇时,欢乐的感情仍可继续存在,即使描绘最深重的灾难,最强烈的痛苦,都不足以破坏这种情感;情况越悲惨,欢乐越加深;而情况越恐怖,它也就越悲惨。"② 这是优秀悲剧诗歌给人愉悦享受的特质反映。相反,有些情况,即使描绘得再精确入微,也不能给人以诗意地享受。这些情况就是,悲痛的感情无法宣泄于行动之中,精神的痛苦状态持续不断,却没有任何事件,希望或反抗可以使之缓解,只能在其中无奈地忍受一切。所以,在这样的情况下必然蕴含着某种病态的东西,对它们的描写也必然有单调刻板之处。假如这些情况发生在真实的生活中,它们是令人痛苦的,而不是悲惨的;将其表现在诗歌里,也是令人凄楚的,而不是悲壮的。这就违背了诗歌要给人以愉悦的宗旨,因而不能成为诗歌的好题材。

在这里,深悉古典的阿诺德承袭了古希腊罗马文学中"寓教于乐"功用的优良传统。被尊为"西方哲学和文艺理论奠基人之一"的柏拉图,在他的《理想国》中提出诗歌"不仅要给人带来愉快,而且对国家和人生都有用"的观点,强调了诗歌的社会功用。被誉为"西方科学之父或知识之父"的亚里士多德,在他的《诗学》中提出了"净化"说,认为诗歌,尤其是悲剧诗的功用是"使人宣泄心中怜悯和恐惧的感情",从中获得"特殊的快感"和满足,使心情得以轻松、愉快,使心灵得到净化。被冠以"古罗马最伟大的诗人"之称的贺拉斯,则进一步提出了"寓教于乐"的观点,认为"诗人写诗的目的是给人以益处和乐趣,使读者觉得愉快,并且教人如何生活",

---

① [英]马修·阿诺德.十九世纪英国文论选:诗歌题材的选择[M].吴苏敬,译.北京:人民文学出版社,1986.P182.

② [英]马修·阿诺德.十九世纪英国文论选:诗歌题材的选择[M].吴苏敬,译.北京:人民文学出版社,1986.P183.

强调诗歌要发挥娱乐和教化的双重作用。在充分吸收古希腊罗马先哲大师们睿智思想精髓的基础上，阿诺德对诗歌的功用与宗旨作了进一步的归结和扬弃。在他看来，诗歌不仅要有精确的描绘、深邃的思想，而且要给人以启迪、给人以希望，这是构成诗歌愉悦宗旨的根本。悲剧中的惨烈描绘并不会破坏诗歌的愉悦意境，关键在于这种悲悯和惨痛要有宣泄、要有缓解、要有出路，这是阿诺德提出的美好诗歌的创作要求和评价标准。任何文艺作品在某种意义上说都是由"结"和"解"两部分构成。"结"就是作者观察自然与社会，思考并提出问题的过程；而"解"则是作者对问题的解决方案。在"结"中，描绘得悲惨、恐怖并无大碍，关键是要有"解"。作者必须在提出问题的同时，设置某种解决问题的办法，要么是给人以努力的方向或希望，要么是采取竭力地反抗或行动，从而使"结"有所归依、有所寄托。相反，如果只有"结"而无"解"，那么无论这个"结"描绘得多么精彩、有趣，多么精确、紧凑，它也必然含有"某种病态的东西"。在阿诺德看来，这个"解"的内容必须是积极的，它必须"有某种事件，希望或反抗"以缓解"心情的凄怆"和"精神的痛苦"，而不是一种绝望、无奈、顺从或逃避。事实上，在处理"解"的过程中，诗人提出了某种解决问题的路径，表明他对世界和人生的基本态度及其价值取向。真正伟大诗人的"解"能够使读者开启心智，增加对生活的感悟，并在这种启迪、领悟和感化中使精神得到升华，由此获得更高层次的愉悦。

阿诺德创作的《埃特纳山上的恩培多克勒》一诗，描绘了古希腊哲学家、科学家恩培多克勒(Empedocles)在幻想破灭后的沉思默想，但结局以主人公在西西里岛的埃特纳山上绝望自杀而告终。阿诺德认为，将该诗从诗集中删除的原因，虽非因其事件发生的年代久远而意境荒疏，亦非因其内容描述的辞不达意而着意废弃，但却因其行动属于上述的"病态"情形而在"诗意"上有缺陷，由此不得不忍痛割爱。可见，阿诺德对于"诗歌应给人以愉悦的享受"有着严格的要求。对于阿诺德的这个观点，鲁迅先生在其著名的小说《药》中，有着生动的呈现。《药》的本身是个悲剧，鲁迅喻示用这个可悲的故事来唤醒人们愚昧麻木的精神和思想。但在小说的结尾，鲁迅在夏瑜的坟头特意安排了一个红白相间的小花环。这个花环便成为了中国革命力量的象征、未来希望的象征、坚持理想的象征。它给人以鼓舞、以激动、以信心。它既表达了鲁迅对革命烈士的怀念与赞颂，也表达了他对革命前途的一种乐观：这是革命力量必将最终胜利，为革命牺牲的志士的遗愿必将实现的象征。

从这个意义上说,吻合了阿诺德关于悲情和痛苦要有宣泄、有希望、有出路的理念。

## 第三节 诗歌题材的选择

阿诺德认为,诗歌要实现给人以愉悦的宗旨,就应当具有一个不分人种、语言、国别,并贯穿于一切时代的永恒对象。他说:"各国的、各时代的诗的不变的对象是什么呢?是行动;是人类的行动;是本身要有内在的兴趣,然后由诗人用艺术手法传达出来的行动。"①这种行动本质要优秀,否则光凭诗人高超的表现手法也难掩其瑕疵。所以,诗人的首要任务就是必须选择一个卓越的行动。

那么,怎样的行动才是最卓越的呢?就是那些能最有力地打动人类伟大的,根本的情感,那些人类永恒的,不随时间推移而改变的基本情感。这些情感是永久不渝、始终如一的;而引发这些情感的行动,必定也是永久不渝、始终如一的。"行动更伟大,人物更高尚,处境更紧张,这是一首诗歌能引起读者兴趣的真正的也是唯一的基础。"②所以,针对有些批评家提出诗歌要吸引公众注意力,诗人必须抛弃已被详尽发掘的古代题材,而选择新颖有趣的现代题材的错误观点,阿诺德指出:"一个行动的现代性或古代性与它能否用诗歌来表现,是不相干的;而是取决于它的内在性质。对我们天性的基本方面,对我们的热情来说,伟大而热情的行动永远是有趣的;而兴趣之大小完全取决于它的伟大和热情。"③因此,比较千年以前人类的伟大行动和今日人类平凡行动的趣味性,尽管现代诗人能对后者极尽描述之能事,并能运用诸如现代通行的语言、人们熟知的方法和当代事件的引证等许多有利的条件,可以一时影响我们的情感和兴趣,但是,"诗是属于我们永恒的激情的领域之内的东西,只要它能引起永恒的激情的趣味,人们对于其他附属的感情的要求,自然

---

① [英]马修·阿诺德.安诺德文学评论选集:"评荷马史诗的译本"及其他[M].殷葆璨,译.北京:人民文学出版社,1958.P117.

② [英]马修·阿诺德.十九世纪英国文论选:诗歌题材的选择[M].吴苏敬,译.北京:人民文学出版社,1986.P185.

③ [英]马修·阿诺德.十九世纪英国文论选:诗歌题材的选择[M].吴苏敬,译.北京:人民文学出版社,1986.P184.

就会撤消了。"①因此,随着岁月对这些附加因素的剥离,以今日人类平凡行动为题材的诗歌,将光环隐退、花色凋零;而千年以前人类伟大行动的趣味性,将如美酒般越酿越甘醇,越积越芳香。

有人提出,过去的行动固然有趣,但现代人无法使这种行动清晰地呈现在自己的心灵中,因而他不能深刻地感受它们,也不能有力地再现它们。对此,阿诺德反驳说,现代诗人虽不可能像当时的人那样精确地了解过去行动的外部情况,但他的使命是把握行动的本质。尽管他无法精确地想象当时人物的外貌、家居的摆设以及宫廷的礼仪等,但这些都是次要的。他的关键任务在于刻画人物的内心,表现当时他们在某种悲惨情境下所引发的感情和行为。而这些东西却不是一时一地的,或者是偶然发生的,而是古代诗人和现代诗人都能够同样感受得到的,属于人类感情永恒不变的部分。因此,阿诺德指出,行动发生的年代并不重要,"行动本身,行动的选择及结构才是最关紧要的。"②

把卓越的行动作为诗歌永恒不变的对象,是和阿诺德赋予诗歌崇高道德使命的思想分不开的。在《论诗》中,他开宗明义地指出,"诗的前途是远大的,因为我们民族会随着时间的前进,在不负自己崇高使命的诗里,找到愈益可靠的支持。"③在跨越时空的历史长河中,没有哪种信念不会发生动摇,也没有什么教义不会遭致质疑,更没有任何传统不会得以扬弃,而诗歌,却因其"把感情寄托在事实观念上"而获得了旺盛的生命力。由此,阿诺德指出,我们应当把诗歌看得更有价值、更加高尚,应当充分认识诗歌的效用和使命。在社会生活中,"人类逐渐地会发现我们必须求助于诗来为我们解释生活,安慰我们,支持我们。没有诗,我们的科学就要显得不完备;而今天我们大部分当作宗教或哲学看的东西,也将为诗所代替。"④可见,阿诺德把诗歌看成了统领人类生活一切领域的指针。不仅影响着自然科学技

---

① [英]马修·阿诺德.安诺德文学评论选集:"评荷马史诗的译本"及其他[M].殷葆璨,译.北京:人民文学出版社,1958.P118.

② [英]马修·阿诺德.十九世纪英国文论选:诗歌题材的选择[M].吴苏敬,译.北京:人民文学出版社,1986.P186.

③ [英]马修·阿诺德.安诺德文学评论选集:"评荷马史诗的译本"及其他[M].殷葆璨,译.北京:人民文学出版社,1958.P82.

④ [英]马修·阿诺德.安诺德文学评论选集:"评荷马史诗的译本"及其他[M].殷葆璨,译.北京:人民文学出版社,1958.P82-83.

术的发展,而且引领着社会精神生活的进步。换言之,诗歌从其含有的自然魔力和道德深度两个方面得以阐释。它从两方面启迪人:它给人以尽如人意的现实感;它使人的自身与宇宙合拍一致。由此,阿诺德赋予了诗歌极其神圣的使命:诗歌一则解释自然界,再则解释道德界。诗歌不仅解释外部世界的面貌运动,而且反映人类道德精神本性这个内部世界的思想规律。

　　崇高的道德使命,使阿诺德对诗歌的题材给予了特别的关注。阿诺德认为,"最好的诗的内容与题材,是由于它们的显著的真实与严肃而获得特征的"。① 而缺乏高度真实性和严肃性的诗不是真正伟大的诗。同时,"在最好的诗的题材和内容上的那种真实与严肃的优美特征,是和风格与表现方法上的那种词汇与行动的优美特征分不开的。这两种优美是密切结合着的,并且彼此是坚持着成正比的。"② 阿诺德重视作品的有机整体性,反对割裂思想道德内容和艺术审美形式的关联性。依据这样的标准来看,乔叟的诗广阔地、自由地、健全地展示了事物,具有内容的真实性,并且其诗词藻和谐、行文流畅,是"我们灿烂的英诗之父";但乔叟并不是伟大的古典诗人,因为他缺乏崇高的严肃性这一重要的诗歌品质。彭斯的诗因为描写苏格兰的豪饮、宗教、生活习惯这样一个大部分是"不和谐的、龌龊的、令人讨厌的世界",诸如"给妻儿老小造一个/幸福的家庭,/便是生活中最真实、崇高的/感人至情"此类的诗句,就远不及阿诺德所经常称引的但丁"在神的意志里,/是我们的和平……"这样的诗句所具有的境界,后者更有一种崇高的严肃性。

## 第四节　诗歌恰当的表达

　　诗歌的愉悦宗旨和道德使命,决定着作为诗歌灵魂的行动需要经过慎重选择。而行动的合理选择和表达的恰当运用,则构成了诗歌艺术价值的基石。阿诺德认为,并非所有的行动都能用来创作美好的诗歌,行动的特性决定了诗歌的种类,也决定着诗歌的艺术表现手法。当代那些不够庄严、超脱和独立的行动,适合于那些

---

① [英]马修·阿诺德. 安诺德文学评论选集:"评荷马史诗的译本"及其他[M]. 殷葆瑹,译. 北京:人民文学出版社,1958. P93.

② 同上.

比较轻松的诗歌,属于喜剧诗人的写作范围,却不能成为悲剧诗的描写对象。只有小部分伟大而崇高的行动,才能纳入那些严肃的悲剧诗的选择范围。阿诺德指出,这些方面古希腊诗人是我们学习的榜样,他们对于诗歌题材的选择有着严格、认真的考虑。"少数十分适合于悲剧的行动,几乎一直独占着希腊的悲剧舞台;它们的意义似乎是发掘不尽的;它们有如永远解决不了的难题,永远要求每个新的诗人用自己的天才予以解答。"①

表达的恰当运用是为了更鲜明地凸现行动的主旨。在某些现代诗人看来,古希腊人的纯朴诗风似乎是不善于表达,或者是忽视表达的体现,因为其悲剧采用的表达显得枯燥无味,其歌队参与的议论也看似浅薄琐屑。对此,阿诺德予以辩护说:行动是表达的核心,表达必须服从和服务于行动的特性,否则就是喧宾夺主、浮华不实。古希腊人的上述表达特征,"因为表达得恰到好处,质朴无华,不喧宾夺主,它的力量直接来自它所表达的充实的内容"②,所以恰恰是表达艺术高超地反映。在古希腊的悲剧中,也忠实地履行着这样的宗旨:"行动本身,奥瑞斯忒斯、梅罗泼或阿尔克迈翁的遭遇,要成为引人入胜、难以忘怀的主要兴趣的中心,不让其他次要的东西有片刻分散观众的注意力,局部的语调必须不断地受到抑制,以免削弱全局的恢宏效果。"③因此,阿诺德评价说:古希腊人并非笨嘴拙舌,相反"正是善于表达的最高典范,是庄严的风格无与伦比的大师"。④

阿诺德认为,忽视行动本身的特性而强调描绘行动的语言,将有悖于诗歌的意境,有损于诗的艺术价值。表达对于行动的恰当运用,关键是要抓住两点:

其一,要从整体和本质上把握行动的特性。表达围绕行动来展开,这是无可非议的;但是,表达如何反映行动的特性,却有不同的理解。有人从局部和表面来把握行动的特性,沉湎于某一方面的精心雕琢;有人却从总体和本质来把握行动的特性,致力于整体结构的有机联系。阿诺德认为,我们的目光不能聚焦于一个行动处

---

① [英]马修·阿诺德.十九世纪英国文论选:诗歌题材的选择[M].吴苏敬,译.北京:人民文学出版社,1986.P186.

② 同上。

③ [英]马修·阿诺德.十九世纪英国文论选:诗歌题材的选择[M].吴苏敬,译.北京:人民文学出版社,1986.P187.

④ 同①。

理过程中产生的个别思想及形象的价值上,而应首先考虑行动本身诗的特性及其实施,亦即从整体和本质来表达行动。艺术家不同于艺术爱好者,在于他掌握了最高意义上的"建筑"艺术,即创造、构思、组织的实际能力,而不在于个别思想的深邃、意象的丰富或例证的充分。所以,阿诺德评论济慈的《伊萨贝拉》(Isabel)时说,尽管这首诗是"绚丽多彩的辞藻和意象的完美的宝库,几乎每一诗节都具有不同的生动活泼的措辞特征,它使描述的对象在想象中闪耀,使读者的感官立即得到欢快地刺激。在这首短诗中,人们可以引用的妙语警句可能比索福克勒斯尚存的全部悲剧作品所包含的还要多",[1] 行动本身也是优美的,但是,由于诗人构思不力、组织松散,它所产生的影响,是完全失败的。

其二,要以恢宏的风格来体现行动的主旨。明晰地安排素材,有条不紊地展示情节,朴实无华的写作风格,这是古典作家们留给我们的重要启示。阿诺德以莎士比亚作反证,充分表达了他对诗歌恢宏风格的推崇。他说,莎士比亚被英国作家尊崇为楷模,也是"所有诗人中最伟大的名字,一个永远令人肃然起敬的名字。"[2] 莎士比亚的诗选择了卓越的题材,找到了最理想的行动,而且还有其独具的巧妙、充畅和俏皮的文笔,可谓是诗歌的上乘佳作。莎士比亚才气超群,无与伦比,但是,从诗歌创作而言,正是这一优异的表达才华往往使其弄巧成拙、过犹不及,由此掩盖了他的其他卓越之处。阿诺德指出,在莎士比亚的一些最杰出的悲剧,如《李尔王》中,"主要几幕使用的语言非常矫揉造作,莫名其妙地拐弯抹角,并且晦涩难懂,你必须将每段话读上两三遍,才能理解其中的含义。"[3] 这是莎士比亚缺乏古典作家那种简洁明了、质朴恢宏风格的地方,因而在诗的艺术价值上留有缺憾。

此外,针对有些批评家提出,诗人在叙述事件过程中可恣意寄寓作者的思想感情,以此作为诗歌创作的最高课题的观点,阿诺德指出,这是完全错误的。此举的

---

[1] [英]马修·阿诺德.十九世纪英国文论选:诗歌题材的选择[M].吴苏敬,译.北京:人民文学出版社,1986.P191.

[2] [英]马修·阿诺德.十九世纪英国文论选:诗歌题材的选择[M].吴苏敬,译.北京:人民文学出版社,1986.P190.

[3] [英]马修·阿诺德.十九世纪英国文论选:诗歌题材的选择[M].吴苏敬,译.北京:人民文学出版社,1986.P192.

结果只能是破坏行动的崇高和诗歌的意象,所以,诗人应该宁要行动,不要其他;"在处理行动时,要允许它内在的优点得以发展,而不要让他的个人特色插进来干扰,如果他十分成功地消除个人的痕迹,并且使崇高的行动得以其本来面目继续存在,那就最为幸运了。"①这样,才能真正把握行动的特质,才能准确地表达诗歌的意象,体现其艺术价值。依此标准,阿诺德评述了歌德的名著《浮士德》。他说,《浮士德》曾在"寄寓作者的思想感情是模仿行动的艺术的最高课题"作过尝试和努力,尽管这首诗不乏精彩的片段,描写玛格丽特的场面也瑰丽无比,但是,从整体上看,严格将其作为一部诗来衡量,《浮士德》是有缺陷的,就连歌德本人也承认这一点。所以,阿诺德坚持认为,不能让作者的主观因素掺杂其中,诗歌的特性要由行动的本质直接来展示。

## 第五节　超然无执的态度

1857年至1867年,阿诺德被英国牛津大学聘为诗歌讲座教授。期间,他在牛津大学所作的系列文学讲座,汇成了不少关于文学批评的名篇,如《论荷马史诗的译本》、《论凯尔特文学研究》等。1864年10月,阿诺德在牛津大学的演讲《当代批评的功用》,不仅将批评从人们共识中的"文学批评"范畴扩展到了广义的人生批评,而且明确提出了在文学批评中必须贯穿"超然无执"的基本准则。他说:"英国的批评必须洞察,它在前进之中,应当采取一些什么法则,以便利用那个向它展开的园地,并为将来产生果实。这些法则可用一语来说:做到超然无执。"②阿诺德认为,超然无执既是一种可贵的生活态度,也是指导批评家作出客观、公正批评的准绳。在荷马(Homer)、艾匹克蒂塔(Epictetus)、索福克勒斯(Sophocles)、柳克里修斯(Lucreticus)以及塞内加尔(Senancour)等这些让人敬仰、让人尊崇的大家身上,阿诺德看到了这种超然无执的态度。他在著名的《献给一个朋友》(*To a Friend*)一诗中,盛赞了莎士比亚、荷马、艾匹克蒂塔、索福克勒斯等伟大诗人所表现出的超

---

① [英]马修·阿诺德.十九世纪英国文论选:诗歌题材的选择[M].吴苏敬,译.北京:人民文学出版社,1986.P189.

② 张玉能,主编.西方文论[M].武汉:华中师范大学出版社,2002.P227.

然无执;在《纪念诗行》(*Memorial Verses*)中,他也强调了歌德的公正无私和广博的人文知识。

坚持客观理智、公正无私的批评并非阿诺德首创,圣伯夫(Charles Augustin Sainte-Beuve)就曾提到批评家的任务是引入一种公正无私的态度。但阿诺德把这一思想理论化、系统化了,并结合批评实践予以具体运用。那么,"超然无执"的基本内涵是什么呢?

其一,要理性超脱。阿诺德认为,要实现客观公允的批评,批评家必须超越任何外在的、政治的、实际利益的考虑。阿诺德生活的年代,正是英国资本主义发展蒸蒸日上的年代,当时的英国社会弥漫着浓厚的"非利士主义"(Philistinism)的氛围。普通国民大都热衷于煤炭、铁路、财富、身体、宗教组织等外在之物,并把它们作为追求幸福的目标。而在阿诺德看来,这些都只是实现人性不断完善、社会和谐发展的手段,不应该视为幸福的本源或终极。为此,阿诺德强调,批评家要适当地脱离当时朝野所热衷的政治实践和具体行动,不要直接卷入纷争,而应保持一种理性超脱的心态,进行不以党派、宗派利害为转移的、客观公允的思考,提高人们的思想、文化境界,实现人性的全面和谐完美。为了保持客观的批评,阿诺德本人就曾尽可能避免卷入具体的纷争。早在19世纪30年代,阿诺德在牛津大学求学之时,约翰·亨利·纽曼(John Henry Newman)领导的牛津运动正如火如荼地开展。尽管阿诺德的父亲托马斯·阿诺德(Thomas Arnold)——著名的拉格比公学(Rugby School)的校长——以及整个牛津学界都积极投身其中,阿诺德本人却远离他们的争论,只做一名置身事外的观众。此外,对于实际利益的考虑已成为当时窒息英国批评的一个主要因素。"我们的批评机构,成了那些服务于实际目的的人们和党派的机构,对于这些人们和党派来说,实际目的是第一,精神的自由运用是第二;今天所缺少的正是那个足以和实际目的的贯彻相抗衡的精神运用……"①因此,阿诺德坚持批评家不能太过积极地参与到社会、政治生活中。只有与社会、政治以及实际利益保持一定距离的批评精神,运用理性进行审视和反思,才能创造出未来社会所需要的"纯正而鲜活的思想潮流"。

其二,要克服褊狭。要做到客观公允,批评家就不能闭目塞听、盲目自大,而要

---

① 张玉能,主编.西方文论[M].武汉:华中师范大学出版社,2002.P227.

开拓视野、善于学习。不仅要善于从本国本民族的优秀文化传统中汲取营养,而且还要不断从别国别民族的先进文明成果中摄取精华。要采取一种虚怀若谷的心态,学习和传播"世界上最优秀的知识和思想"。阿诺德坚决反对批评家思想上的任何褊狭。他在《学院对文学的影响》(*The Literary Influence of Academies*)一文中指出,"由于手头缺少一种衡量思想的高标准,偏狭就夸大了其思想的价值。或者可以说,由于缺乏这样一个高标准,偏狭就着重突出一个思想而牺牲了其他的想法。它错误地指导其思想,被种种幻想所迷惑,它的喜好显得强烈而独断。"① 为了克服偏狭,批评家不但要保持清晰的视野,致力于"弄清事物的本相",不偏听、不迷信、不盲从,要以多种方法,从不同角度对批评对象进行全面、综合的考察分析。而且,伟大的文学是不会受时间、地域、种族和语言等条件的限制的。批评家不能局限于一国之囿、一地之隅、一时之限,而要以宽广博大的胸襟、海纳百川的气量,从其他国家、其他民族、其他优秀文化中吸收最优秀的知识和思想。阿诺德以自身的广博知识和宽广批评实践说明了克服偏狭的重要性。从古希腊的荷马、索福克勒斯,到文艺复兴时期的但丁、莎士比亚,再到近代的利奥帕蒂和托尔斯泰;从英国的乔叟、华兹华斯,到德国的歌德、海涅,再到法国的蒙田、圣伯夫、乔治·桑等有着深远影响的名家,阿诺德穿越时空的局限对他们一一作出了评判,"他涉猎的范围之广令人吃惊。"② 正是这种宽广的视野和开放的胸怀,使得阿诺德从这些大家身上学到了在本国喜好争论的思想家那里难以学到的自信与安宁。正如阿奇博尔德·L·布顿(Archibald L. Bouton)所指出的,古希腊、古罗马、意大利、法国、德国,以及犹太人、凯尔特人,甚至俄国人和美国人,都是阿诺德学习和评论的对象。他十分重视他们的作品,处处寻找学习的榜样。③

其三,要尊重事实。要做到客观公允,批评家还应当尊重事实,不能因为自己的个人喜好而任意歪曲批评对象。在《但丁与比阿特丽斯》(*Dante and Beatrice*)一文中,阿诺德批评了狄奥多尔·马丁(Theodore Martin)的做法。阿诺德指出,为了美化心目中的作家,马丁"把但丁对比阿特丽斯的爱慕基本上写成了一个现代

---

① Matthew Arnold, *Essays in Criticism*. London: Everyman's Library, 1969. P50-51.
② Bryson John. ed. *Matthew Arnold: Poetry and Prose*. London: Rupert Hart-Davis. 1954. P17.
③ Bouton Archibald L. ed. *Matthew Arnold Prose and Poetry*. U.S.A.: Charles Scribner's Sons. 1927. P XXIII.

版的爱情故事,把但丁的真实生活改编成一个女性崇拜者应该有的生活"。① 事实上,阿诺德认为,但丁在《新生》(*Vita Nuova*)中的记录足以表明,比阿特丽斯就是他孜孜以求、无法形容的纯洁与美丽的象征。因为"艺术要求以事实为依据,并要求最大自由地对待这一事实依据。在对象太近、太真的时候,这种最自由地处理其对象的渴望或许会走向反面。"②为此,阿诺德觉得,批评家首先要尊重事实,没有必要像马丁那样,想象他的偶像在道德上是多么完美。对批评家而言,不能为了美化批评对象而牺牲事实真相。此外,在一些声名卓著的大家面前,批评家不能因其声望而迷信他们的权威,要敢于形成并坚持自己的观点,恰当地评价他们的地位和价值。在阿诺德生活的年代,边沁是许多人崇拜的偶像,有人称他是现代社会的革新者,并将他的思想奉为未来生活的准绳。最初,阿诺德也对他心怀敬意,但当他读到边沁贬低苏格拉底和柏拉图的时候——"当色诺芬在写历史著作、欧几里得在教几何的时候,苏格拉底和柏拉图却以教授智慧和道德为名,行胡说八道之实。他们的那套道德都是空话,他们的所谓智慧就是否定人人都能从经验中明白的事情。"③他对边沁的好感就立即从其思想束缚中解脱出来了,并且永远也不会成为边沁的狂热追随者。

其四,要善于比较。比较分优劣,比较出真知!善于运用综合比较的方法,才能更好地探究事物的本相,作出公正的批评。在阿诺德看来,批评家要避免使用固定的模式和抽象的体系来单一地作评判。因为抽象的体系只会使思想僵化、妨碍思想灵活性的发挥。因此,尽管他被论敌们经常指责为"没有体系",但他仍然乐此不疲,坚持自己的写作方式,有时甚至还自嘲自己的"没有体系"。④阿诺德的这个观点得到了后人的高度评价。帕克·霍南(Park Honan)在《马修·阿诺德》一书

---

① R. H. Super ed. *The Complete Prose Works of Matthew Arnold*. Vol. 3. Ann Arbor: The University of Michigan. 1990. P6.

② R. H. Super ed. *The Complete Prose Works of Matthew Arnold*. Vol. 3. Ann Arbor: The University of Michigan. 1990. P5.

③ [英]马修·阿诺德. 文化与无政府状态——政治与社会批评[M]. 韩敏中,译. 北京:生活·读书·新知三联书店,2008. P32.

④ 在《文化与无政府状态》一书中,阿诺德至少 11 次以自嘲或讽刺的方式讲到"体系"问题。参见 R. H. Super ed. *The Complete Prose Works of Matthew Arnold*. Vol. 5. Ann Arbor: The University of Michigan Press, 1965. P87, 88, 109, 137, 137, 139, 143, 192, 192, 194, 237.

中评价说,阿诺德是"英国第一个伟大的比较批评家"。严格来讲,这个评价并不贴切,阿诺德并非是第一个。但是,阿诺德确是英国文学史上一位非常重要的比较批评家。他对个别作家的主要评论,从马库斯·奥里利厄斯(Marcus Aurelius)到拜伦、歌德,都说明了他所倡导的文学比较研究的价值,展示出他抓住作家主要特色的能力。从阿诺德开始,运用比较方法开展文学批评逐渐成为英国批评界的主流。在崇尚比较研究方法的同时,阿诺德批判了当时盛行的历史批评方法,即通过研究一个作家所处的时代背景、人生经历和个人性格等方面,对他的作品作出评价的方法。阿诺德认为,这种历史批评非常危险,很容易削弱批评家对作品本身的理解和解读。这一观点对后来的批评家如艾略特(T. S. Eliot)等产生了重要影响。

## 第六节 诗歌评判的准则

那么,在具体的文学批评实践中,怎样才能超越阶级局限、党派纷争,克服个人主观好恶,实现超然无执、客观公允呢?阿诺德在《论诗》(*The Study of Poetry*)一文中,提出了著名的"试金石"理论,即把一些高质量的诗行或诗节作为试金石,作为评判的标准。他说:"把大诗家的一些诗的字句,牢记在心,并用它们当做试金石应用到别人的诗上,是能帮助我们发现什么是属于真正优秀一级的,因而对我们是最有好处的诗;其实再也没有更好的办法了……在把这些诗句放在心里以后,便会看出它们确是很灵验的试金石,能检查出放在它们旁边的别人的诗,是否含有这种崇高的诗的品质,或含有多少这种品质的份量。"①随后,阿诺德列举了荷马、但丁、莎士比亚以及弥尔顿等作品中的11段诗行,②指出"它们都有很高的诗的品质",可以作为评判诗歌良莠的"试金石"。如何理解阿诺德这个"试金石"理论呢?

首先,"试金石"不能孤立、片面地解读和运用。阿诺德列举的这些作为"试金

---

① [英]马修·阿诺德.安诺德文学评论选集:"评荷马史诗的译本"及其他[M].殷葆瑮,译.北京:人民文学出版社,1958.P89-90.
② 其中,三段引自荷马的《伊利亚特》,三段引自但丁的《神曲》,一段引自莎士比亚的《亨利四世》,一段引自莎士比亚的《哈姆雷特》,还有三段引自弥尔顿的《失乐园》。

石"的诗行,都是一些大家经典名篇的点睛之笔或出彩之处。所撷取的诗行或诗句源自整部作品,有上下文连贯语境,还有相应的文化背景。所以我们在运用它们时,不能像用数学公式那样孤立地、片面地、机械地生搬硬套;而应在通篇理解整部作品的完整意思和全面把握相应文化背景的基础上,深入体会其中的奥妙和韵味。阿诺德在《论诗》中例证乔叟的伟大之处时,首先引用了《坎特伯雷故事集》中第17个故事"女修道院长的故事"中的一句:"啊,看这殉道者,如此坚持着童贞。"接着他就写道:"如果乔叟诗的一般调子没有好好地留在我们脑子里,只此一行就未免太短了。"①这里阿诺德所说的"一般调子"恐怕不是一个仅仅知道乔叟,或者光是知道这个故事的读者就能轻易具备的。相反,要对乔叟及其《坎特伯雷故事集》里的故事有了相当的了解和研究,并对其创作主题、诗歌风格、表现手法都非常熟悉、精通才能够形成这种"一般调子",这样才能慧眼识珠,甄别并挑选出可以用作试金石的诗句。

其次,"试金石"是一种文学鉴赏力的培养和熏陶。阿诺德在引用了11段诗句作为试金石的例证之后,强调指出,"如果我们有办法,善于运用这些诗行,它们就能使我们对诗有一种清楚而健全的判断力,能从错误的评价里救出我们来,并引导到正确评价的路上去……我们要把它们融会贯通了,就能获得一种感觉,辨出摆在面前的任何诗行具有或缺少最高的诗的品质的程度。"②这里的"融会贯通"四个字,意义非凡。要正确运用"试金石"并有效发挥其价值,没有相当水平的鉴赏能力是达不到的。而只有在大量阅读大师们的经典名著的基础上,一个人才能真正提高自身的鉴赏能力和批评水准。一部作品或一篇文章不可能处处精彩,就算公认的经典之作也不出此律。但是,经典中却不乏生动、鲜明的精彩段落、短语甚或字句。可以用作试金石的精彩词语、片段积累得多了,读者的鉴赏水平自然就能够得到提升。相反,如果一个人一直阅读不入流的作品,很难想象他会有多高的阅读欣赏水平。没有在大师经典中浸淫过的读者,是不可能培养出真正意义上的审美鉴赏能力的。因此,阿诺德所举的例子,只是例证了经典作品的潜移默化之功效。

---

① [英]马修·阿诺德.安诺德文学评论选集:"评荷马史诗的译本"及其他[M].殷葆瑹,译.北京:人民文学出版社,1958.P97.

② [英]马修·阿诺德.安诺德文学评论选集:"评荷马史诗的译本"及其他[M].殷葆瑹,译.北京:人民文学出版社,1958.P92.

再次，"试金石"是真实内容与完美形式的有机统一。阿诺德列举了一些经典名句作为衡量作品优劣的"试金石"，但是很显然，阿诺德没有也不可能穷尽那些可以用作"试金石"的例子。那么，什么样的诗句具有较高的诗的品质因而可以作为"试金石"呢？阿诺德认为，"最好的诗的题材与内容是那种真实与严肃的优美特征，是和风格与表现手法上的那种词汇与行动的优美特征分不开的。这两种优美是密切结合着的，并且彼此是坚持着正比的。"因此，阿诺德强调，诗歌的真（诗歌的题材与内容）与诗歌的美（诗歌的表现方法与风格），是构成诗歌优秀品质的两块基石，优秀的作品应该是内容要具有真实性、严肃性，词语和形式要巧妙、完美，是道德内容与审美形式的有机统一。用具有这样优美特征的"试金石"去衡量、比较其他作品，我们不仅能深刻地感受其他作品的魅力、区分两者的差异，而且还能影响读者的性格，从中获取伟大的教益，由此实现阿诺德所倡导的"诗歌即人生批评"的宗旨。

## 第七节　诗歌翻译的要义[①]

在文学翻译领域，历来存在"直译"和"意译之争"。这两种译法孰优孰劣，至今仍"公说公有理，婆说婆有理"，难有定论。但每个人关注的焦点不同、视角各异，就肯定会在认知上出现分歧、产生争议，这是文学异彩纷呈、百家争鸣的正常表现。在19世纪的英国，随着外来作品翻译的数量日益增多。许多翻译名家也提出了衡量译作风格和准确性的新标准。就准确性来说，这一时期普遍采纳的原则就是，译作必须再现"原文，整个原文，唯独原文。"[②]由此也产生了一个严重的问题，那就是因过于强调表达对原文的准确性，译作很难为当代读者所读懂。比如，卡莱尔翻译的哥德作品，形式上是英文的，但结构上却还是德文的；伯顿（Sir Richard Francis Burton）翻译的《一千零一夜》，更是充满了阿拉伯语的表述法。这些问题引起了当时学者的关注，进而引发了一场关于如何翻译的著名争论。这场论争主要涉

---

[①]　本节有关内容参考详见，黄弋.崇高风格呼唤崇高心灵——马修·阿诺德翻译思想探析[J].比较文学与世界文学，2013(2).

[②]　谭载喜.西方翻译简史[M].北京：商务印书馆，1991.P169.

及《荷马史诗》的翻译,同时也澄清了许多翻译的理论和原则性问题。

19世纪50年代,英国著名的学者、伦敦大学拉丁语教授弗朗西斯·纽曼(Francis W. Newman)翻译出版了《伊利亚特》,并在序言中发表了自己对于翻译《荷马史诗》的看法。此举引起了著名文学批评家马修·阿诺德的关注。1861年,阿诺德写了一篇《论荷马史诗的翻译》,评价纽曼的译作,兼及其他译者,如蒲伯(Alexander Pope)、查普曼(George Chapman)等人。纽曼不服,写了一篇长文予以回敬,题为《荷马史诗翻译的理论与实践:答马修·阿诺德》。阿诺德也不依不饶,于1862年再次发表一篇论文,题为《再论荷马史诗的翻译:答弗朗西斯·纽曼》,进一步批评纽曼。在这两篇颇有分量的论文中,阿诺德提出了许多有价值的见解,不限于《荷马史诗》的翻译,还兼及整个诗歌的翻译艺术。

## 一、关于翻译的信实问题

在论文的开篇,阿诺德即以纽曼为靶子,探讨了什么是翻译的信实问题。关于信实标准,纽曼认为,译者的首要责任,是历史的,是对原文的信实;为此,译者应该"保存原文的一切特点,使译文越像外国口气越好。这样就使读者不会忘掉译者只是在摹拟,在摹拟别人的作品。"①阿诺德对此提出了针锋相对的批驳。阿诺德认为,作品的韵味和风格也是其整体内容的重要组成部分。译者对原文的信实,不仅是对表面文字的准确反映,更要对原文所传递的思想、情感、风格和声音节奏等也必须同时信实。在翻译过程中,重要的是译出原作的"整体印象",而不是过于关注个别文字。纽曼的谬误在于他一方面对荷马的"整体印象"把握完全不当,另一方面在于他过于注重细枝末节。纽曼以为,"荷马的文体是直截了当的、通俗的、有力的、怪僻的、流畅的、饶舌的""荷马是常随主题起伏的,主题平淡时他便庸俗些;主题卑贱时,他便粗鄙些。"②阿诺德认为,纽曼对荷马风格的看法除了部分是正确的,大多都是荒谬之极。再没有任何词语比"怪僻、饶舌、庸格、粗鄙"更不适合用来

---

① [英]马修·阿诺德. 安诺德文学评论选集:"评荷马史诗的译本"及其他[M]. 殷葆瑔,译. 北京:人民文学出版社,1958. P2.

② [英]马修·阿诺德. 安诺德文学评论选集:"评荷马史诗的译本"及其他[M]. 殷葆瑔,译. 北京:人民文学出版社,1958. P25.

形容荷马了。无论主题是什么,荷马的风格永远都是崇高的,而绝不会堕入"庸俗、粗鄙"的境地。"谁要用它们来形容荷马风格,我可以说他永远不会把荷马翻译出来。"① 纽曼为了表现他所说的荷马的"怪僻、饶舌",不遗余力地使用古僻的词语、怪诞的用法。对此,阿诺德认为,这样做反而弄巧成拙,把荷马译得面目全非,更加不像荷马了。荷马永远是简单的、朴素的。"我还要忠告译者们不要专为翻译创造一种特殊的文字;不要专为荷马风格的某些特点,而定出理论以排斥某些英国字,并专用某种英国字。"② 阿诺德认为纽曼的理论本身是错误的,对译者是危险的。这一理论不但很难遵守(阿诺德在文中列举说明纽曼本人也"不能很好地尊重这一理论"),而且更为严重的是,这种声明在先的理论"表现出一种惊人的迂阔;而迂阔则却是世界上最不合于荷马的一种风格"③。要翻译好荷马,就必须正确认识荷马。"不能正确地认识他,又怎能正确的翻译他呢?"

## 二、《荷马史诗》的四个特征

《荷马史诗》作为世界文学的经典,必然有其独特的韵味和特征。而这些特征在阿诺德看来,是构成荷马之所以为荷马的重要内涵。那么究竟什么才是荷马的特征呢?他对此进行了详加说明:

"他[荷马]是非常轻快的;在思想发展和表现上,也就是说,在句法与文字上,他是非常朴素与直接的;在思想实质上,也就是说,在内容和观念上,他也是非常朴素与直接的;最后,他是非常崇高的。"④

阿诺德指出,只有全面把握荷马风格的这四个特点,方能翻译出好的《荷马史诗》。正是由于忽略了第一个特点,即声调的流畅轻快,库波和莱特的翻译失败了;

---

① [英]马修·阿诺德.安诺德文学评论选集:"评荷马史诗的译本"及其他[M].殷葆瑹,译.北京:人民文学出版社,1958.P25.
② [英]马修·阿诺德.安诺德文学评论选集:"评荷马史诗的译本"及其他[M].殷葆瑹,译.北京:人民文学出版社,1958.P4.
③ [英]马修·阿诺德.安诺德文学评论选集:"评荷马史诗的译本"及其他[M].殷葆瑹,译.北京:人民文学出版社,1958.P5.
④ [英]马修·阿诺德.安诺德文学评论选集:"评荷马史诗的译本"及其他[M].殷葆瑹,译.北京:人民文学出版社,1958.P6.

由于忽略了第二个特点,即文辞的朴素与直接,蒲伯和索斯比的翻译失败了;由于忽略了第三个特点,即观念的朴素与直接,查普曼的翻译失败了;由于忽略了第四个特点,即文体风格的崇高,"那位把前人的一些短处看得清楚的纽曼先生,便使自己的翻译失败得比前人更显著"。①

阿诺德对库波、蒲伯、查普曼等人的译文进行一一剖解,指出"库波译文的缺点,在于声调迂缓,句法拖累;蒲伯的缺点,在于造句遣辞,唯尚雕饰;查普曼的缺点,在于观念离奇,"②这显然与荷马的声调轻快、字句朴素、观念简洁、风格崇高的特质背道而驰,所以他们的翻译失败也就不足为奇了。

## 三、关于译文优劣的评判

纽曼说,他是抱着为普通读者之阅读的目的而翻译了荷马,应以普通读者的阅读感受作为评判译作好坏的依据。阿诺德则认为,普通的读者不懂希腊文,无法比对《荷马史诗》的原著,没有判断的依据,所以译者不能信赖一般读者对自己翻译的反应,否则就等于"倚重盲人作向导"。普通读者靠不住,那究竟该依靠谁来评判呢?阿诺德强调,必须"向那些既通晓希腊文又欣赏诗歌的人探询"。而这种人,就是学者(scholar)。

阿诺德特别提醒,学者当中又有两种人:一种是"迂腐的学者",我们称之为"学究",他们纠缠于个别词句的解读,而对诗歌的整体印象没有感觉。这类学者的判断就毫无价值。另一种是"通达的学者",他们具有诗的敏感和鉴别,注重于诗歌整体印象的赏析。只有这类"通达的学者",才是判断译作良莠的最终"裁判人"。因为只有他们能说出译作是否和原作基本一样,能否给他们带来与阅读原作一样的感受。由此可见,阿诺德认为,译作正确与否、成功与否,只有"高水平的读者"即"通达的学者"才是合格的评判员。阿诺德认为,对于一个译者而言,他的明确目标

---

① [英]马修·阿诺德. 安诺德文学评论选集:"评荷马史诗的译本"及其他[M]. 殷葆瑹,译. 北京:人民文学出版社,1958. P7.
② [英]马修·阿诺德. 安诺德文学评论选集:"评荷马史诗的译本"及其他[M]. 殷葆瑹,译. 北京:人民文学出版社,1958. P49.

应该是:"给那些通达的学者,尽可能地译出荷马的整体印象来。"①

## 四、关于选择合适的体裁

纽曼翻译荷马使用的是歌谣体。阿诺德认为这种诗体虽然有利于表现荷马的简单、自然、朴素,但却不能展现荷马风格的实质。因为纽曼的歌谣体一点也不崇高。相反,"他用以表现思想的句法,有点超越了无拘束的范围——那简直是太随便了;有点超过了平易的界限——那简直是放任而平易了……他的声调节奏尽管还有优点,也不够崇高;即使他避免了迂缓拖累的错误,但他又失之于另一极端——他有点油腔滑调。"②阿诺德认为,采用歌谣体翻译荷马,是纽曼最大的错误。"歌谣体和歌谣律显然是不适宜用来翻译荷马的。荷马的风格与声调一定是崇高而有力的;歌谣体的风格与声调,不是飘浮轻佻,因而不够崇高;便是懒散庸俗,因而柔弱无力。"③因此,正因为歌谣体与荷马风格之间,本质上存在着这么深的一道鸿沟,就是"能力最大、精力最强、才力极高的人,也不能用这样的文体造出荷马的境界来。"④那么,什么诗体最适合翻译荷马呢?阿诺德的答案是六步律。他认为,一方面,六步律最能帮助译者获得荷马的轻快、朴素、直接;另一方面,"六步律具有那种天生的庄严,也会排斥歌谣体自然带来的那种得意忘形或懒洋洋的文体。"⑤

针对什么是"崇高风格"的问题,阿诺德在《再论荷马史诗的翻译:答弗朗西斯·纽曼》作了详细说明。他认为荷马的"崇高风格"在很大程度上是很难定义的,

---

① [英]马修·阿诺德.安诺德文学评论选集:"评荷马史诗的译本"及其他[M].殷葆瑹,译.北京:人民文学出版社,1958.P24.

② [英]马修·阿诺德.安诺德文学评论选集:"评荷马史诗的译本"及其他[M].殷葆瑹,译.北京:人民文学出版社,1958.P31.

③ [英]马修·阿诺德.安诺德文学评论选集:"评荷马史诗的译本"及其他[M].殷葆瑹,译.北京:人民文学出版社,1958.P35.

④ 同上。

⑤ [英]马修·阿诺德.安诺德文学评论选集:"评荷马史诗的译本"及其他[M].殷葆瑹,译.北京:人民文学出版社,1958.P43.

往往只可意会不可言传。"只有用心感知,方能真正了解"。①阿诺德认为,在诗歌史上,除了荷马外,也只有但丁和弥尔顿能称得上是具有"崇高风格"。但是如果一定要定义的话,也只能通过例举来定义。阿诺德认为,"当某一心灵高贵、诗才横溢之人,以或简洁或苍劲的笔法处理某一严肃主题时,崇高风格就出现了。"②这让我们想起朗吉努斯(Longinus)在《论崇高》中给"崇高"下的定义:崇高是高贵心灵的回声(The sublimity is the echo of a noble mind.)。③ 两者都强调作为主体的诗人、译者的道德素养、自身修为在文艺创作中具有决定性的作用。阿诺德认为,诗应该是诗人对于"生活的批判",诗人之所以伟大,"在于他把个人的道德观念有力地应用到生活上,解决一个根本性的问题:教人们如何生活。"④试想,一个道德低劣、心灵龌龊的诗人如何能有力地批判生活,教人们如何生活呢?阿诺德劝告那些想翻译荷马的人"必须培养一种希腊人的美德,一种一般现代人,尤其是英国人所稀缺的温和性格。因为荷马不只具有英国人的活力,还具有希腊人的优雅。"⑤论文最后,阿诺德不无戏谑地说,那些以嘈杂叫嚣的方式谈论、赞扬荷马的英国人与荷马是没有丝毫共通之处的;"我时常在幻想,如果荷马听到了他们,一定会这样说,'朋友们,承蒙你们夸奖,我觉得很荣幸;但你们说话有点儿像野人似的。'"他认为,荷马的崇高是一种完美无瑕、优雅可爱的崇高。他的诗不但包含英语诗歌里所表现的那种矫健雄浑,"此外它还有伊俄尼亚地平线上的那种纯净和它的天空里的那种清明。"⑥后者是一般的诗人很难展现的,即使最伟大的英国诗人如查普曼、蒲伯或者如纽曼这样的知名学者也不例外。这正暗合了阿诺德在《文化与无政府主义》对英国人的"劣根性"所进行的有针对性的批判。阿诺德希望他的国人能摆脱偏狭的"岛国心态",学习希腊人的优雅、温和与宽容,而作为知识分子的翻译家理

---

① Matthew Arnold. *Essays by Matthew Arnold*. Oxford: Oxford University Press. 1914. P398.

② Matthew Arnold. *Essays by Matthew Arnold*. Oxford: Oxford University Press. 1914. P399.

③ Longinus. "On the Art of Poetry". *On the Sublime*. Beijing: China Social Sciences Press, 1999. P109.

④ Sherman, Stuart P. *Matthew Arnold: How to Know Him*. New York: the Bibbs-Merrill Company. 1917. P147.

⑤ [英]马修·阿诺德.安诺德文学评论选集:"评荷马史诗的译本"及其他[M].殷葆璖,译.北京:人民文学出版社,1958. P81.

⑥ 同⑤。

应成为这方面的典范。

阿诺德在评价别人译本的同时,也按照自己的理论翻译了《荷马史诗》的个别诗句。由于译笔有优有劣,有高有低,这自然也给纽曼攻击他留下了口实。两人的争论很激烈,各不相让。我们可以看出,两人作为语言文学和翻译领域的佼佼者,各自所持的观点和理论在今天看来实无绝对高下之分,只是截然不同而已。例如,纽曼认为,应该尽力保留原作的所有特征才是忠实于原文;而阿诺德则强调,译作应该保留的是原作的整体印象,不必过于拘泥细节。这本质上是"直译"和"意译"之别,我们并不能妄加断定二者孰优孰劣。

总之,阿诺德的翻译思想与其倡导的"文化"理念一脉相承。阿诺德尤其强调译者的重要性,认为译者要翻译诗,必须具有诗人的洞察力;更重要的是,译者作为传播"文化"的媒介,不仅需要高超的语言技巧,更需要心灵高尚、道德完美。在论及翻译技巧时,他认为,在翻译过程中,要对原作进行整体把握,理解原作的整体风格,在译作中传达出原作的"整体印象",而不是过度忠实于原作的细枝末节,更不是肆意曲解原作的基本风格。在翻译荷马时,译者应同时传达出荷马的明快、朴素、直接和崇高四个特点,缺一不可。只有这样,才能达到信实,才能使译作具有与原作相同的感染力。至于谁是译作优劣的最终裁判者,阿诺德认为学者在这方面最有发言权而非普通读者,因为只有前者方能说出译作是否与原作基本一致,能否给他们带来与原作一样的感受。阿诺德的这些翻译思想为后人所重视,并对翻译理论的发展产生了一定的影响。

# 第二章　马修·阿诺德的诗作赏析

马修·阿诺德的诗学理论,既折射出其对文化命题的深刻思考,更来源于他对诗歌创作的心灵感悟。可以说,在阿诺德的诗歌名篇中,真切体现了其对诗学使命和时代焦点的生动诠释。在《多佛海滩》中吟唱了"信仰之海潮退的哀歌";在《被遗弃的人鱼》中批判了"精神家园的失落和人文情怀的淡漠";在《六月之夜》中寄托了"斯人已逝,幽思长存"的哀思;在《相遇恨晚》中诠释了"缘分天定,人难强勉"的无奈;在《夜莺》中抒发了"悲怆彷徨,愤懑难解"的忧伤等。通过梳理和解析其创作背景、征引典故、意蕴表达和风格特色等方面呈现的丰富语义场,折射出阿诺德诗意的品味及其创作的心路历程。

## 第一节　信仰之海潮退的哀歌——读《多佛海滩》

作为诗人的阿诺德,尽管其作品数量不多,题材也相对狭窄,但是,他的诗作却比同时代其他任何诗人的作品都更明确地反映了当时英国社会急剧变革所导致的古代文明信仰的崩溃,更敏锐地洞察了掩盖在一片工业经济繁华景象下的社会危机。《多佛海滩》是阿诺德这类哲理诗的杰出代表。该诗通篇以一种宁静哀婉的曲调,表达了诗人在面对当时社会生活急剧变革、古代文明沦丧和传统道德崩溃时所产生的迷茫与困惑。

一

要正确理解《多佛海滩》的深刻寓意和丰富内涵,就不能不对阿诺德创作该诗的时代背景作一番脉络梳理。这其中既包括了当时英国社会发展的整体状况,也包含了阿诺德感情波折的个人阅历,以及阿诺德对于诗歌创作和评判的思想理念。

这些因素综合而成的多棱镜折射出《多佛海滩》这曲忧郁哀愁悲歌的灰暗色调。

从社会大背景来看，17世纪英国资产阶级革命，使资产阶级和新贵族上升为统治阶级，为英国的殖民扩张和资本主义发展扫清了道路；18世纪中后期兴起的以蒸汽机的发明和应用为中心的工业革命，推动了英国由农业社会向工业社会的根本性转变。维多利亚时期的英国，正处于自由贸易资本主义发展的鼎盛时期。海外殖民扩张的巨大市场以及工业革命的技术进步使其迅速成为"世界工厂"和全球第一工业强国，而伦敦则一跃成为当时世界的国际金融和贸易中心。在工业经济和物质财富一派繁华景象的背后，阿诺德敏锐洞察到当时英国社会所蕴藏的深层次信仰危机。他以理智的目光和冷静的心态，看到在崇尚物质和功利的现代社会中，古代文明已毫无立锥之地，整个社会充斥着庸俗和市侩的气息。人们只顾着为追逐现实的物质利益而奔忙，却对文化艺术修养漠然淡视。功利主义的盛行和人文精神的失落，令阿诺德这种崇尚人文和道德的知识分子感到了信仰支柱的轰然坍塌。"正是怀着这样一种愤世嫉俗的心情和对传统文明的深深依恋，阿诺德以他低沉的歌声和忧郁的情调抒发出他心中的郁闷和悲哀，写出了刚跨入现代社会的人所经历的精神上的孤独和异化的倾向。"①

伴随当时社会转型的不仅仅是人文精神的沉沦，而且还有宗教信仰的崩塌。在阿诺德创作此诗之前的20年间，英国的国教被"牛津运动"和"宽和教会"关于宗教信条与实践的争论中弄得支离破碎。更为重要的是，自然科学的重大成就，尤其是地理大发现促成地质学研究的突飞猛进和以达尔文为代表的生物进化论领域的重大突破，使得许多人开始质疑《圣经》中关于上帝是万物之主以及上帝创造了人类的说法。在1851年的英国，包括阿诺德在内的许多人都目睹了宗教机构的解体以及曾使世界规范有序的一些宗教解说的崩溃。宗教信仰的危机，加剧了诗人的迷茫与困惑，使他觉得世界的一切都恰如流动的水波，没有方向，没有定则，不值得信赖和依靠。由此也引发了他对世道无常的一种绝望无助的感慨。

从个人情感阅历来看《多佛海滩》创作于1851年夏天，是阿诺德与新婚妻子在多佛海滩欢度蜜月时的随感。按理说，这本应是一个心情欢愉的季节，然而诗中忧郁哀愁的格调似乎与此有些格格不入。这其中，就蕴含了阿诺德个人情感的忧伤。

---

① 刘守兰. 英美名诗解读[M]. 上海：上海外语教育出版社，2003. P480.

阿诺德的妻子范妮·露西·威特曼（Fanny Lucy Wightman）是诗人心仪已久的女孩，而范妮也一直很乐意成为阿诺德的新娘。但是，阿诺德与范妮的婚恋却并非一帆风顺，其原因在于范妮的父亲威特曼先生的强烈反对。虽然阿诺德在青少年时期就雄心勃勃地渴望成为一名伟大的作家，但是，自1844年从牛津大学毕业以后，他就从未从事过一项报酬丰厚的工作，而他作为诗人的成就，当时也并不显赫。由于威特曼先生对于阿诺德的资历没有多少深刻的印象，就坚决反对把自己的女儿嫁给这样一个自视甚高而成就平平的年轻人。威特曼先生的强烈反对使阿诺德被迫在1850年8月斩断情丝，一度中止了与范妮的往来。但到了1851年，为了重续前缘，阿诺德接受了教育督学一职。这个职位相对稳定，也受人尊敬，阿诺德为此一直工作到去世前两年。尽管他对范妮的爱是真挚的，他们的婚姻也是幸福的，但阿诺德无疑感觉到，为了爱情他不得不做出诗歌抱负得不到充分施展的妥协。当时他正处于人生的十字路口，左右彷徨。正如阿诺德在1855年4月《作于查尔特勒修道院的诗行》所写的："徘徊于两个世界之间／一个死了／另一个还无力诞生"①，这表明诗人处于精神荒原状态下的苦闷。

作为身兼评论家的诗人，阿诺德对诗歌的创作和评价有着自己独特的思考，他提出了"诗歌即人生批评"的著名观点。要求诗歌不仅要具有思想性、批判性，而且还要具有道德性、严肃性，并且还应是内容与形式的完美结合。尽管《多佛海滩》是阿诺德早期创作的诗歌作品，但他无疑已把自己对诗的思想理念融入其中。诗中对于当世社会的批判和反思，对于传统道德的尊崇和留恋，正是其"诗歌要有思想性、道德性"观点的生动写照；并且诗中巧妙的韵脚、长短不等的诗行、沉思的语调以及各种意象处理，无不体现出作者对于完美形式的刻意雕琢。

此外，在创作风格上，阿诺德深受华兹华斯的影响。早些年，阿诺德一家曾与著名诗人华兹华斯比邻而居并成为好朋友。自孩提时起，阿诺德就非常敬仰这位德高望重的诗界前辈，并曾模仿华兹华斯的风格写过许多诗。在1873年出版的华兹华斯诗集的序言中，阿诺德对这位前辈表达了自己由衷的敬意，并强调，华兹华斯创作的年代要比他创作的年代更纯真，这是二者对于人生思索的最大相异之处。基于这种影响，我们依稀可以看到《多佛海滩》中烙着华兹华斯的名作《丁登寺》的

---

① 飞白.诗海游踪：中西诗比较讲稿[M].杭州：浙江工商大学出版社，2011.P310.

印迹，诗中阿诺德的心理状态与《丁登寺》中华兹华斯的心态特别相像：他们的思绪和情感与眼前的景色交相辉映，都对已逝的美好时光充满了留恋和伤感，并且产生了一种共鸣——"永恒的悲声"。所以他套用华兹华斯的创作格式，就像华兹华斯在《丁登寺》中呼唤其妹妹多萝西一样，阿诺德呼唤着他的爱人范妮。蕴含在华兹华斯诗节中的悲伤也在阿诺德的诗歌中得以彰显。虽然华兹华斯的忧虑在《丁登寺》中找到了一点安慰，因为华兹华斯声称，大自然将永远不会背叛一个热爱她的人。但阿诺德却难以有如此轻松洒脱的体认，他的忧伤在《多佛海滩》的结尾处显得更为浓郁了。

## 二

《多佛海滩》被认为是最深刻地反映了维多利亚时期英国信仰危机的优秀诗作。在该诗中，阿诺德运用了他最喜欢和最擅长的一个比喻：大海与人生，比较了月光下多佛海滩的景象变幻与人生命运的多舛和不确定性，由此滋生了一种留恋过去的伤感和一份对急剧变革世界的焦虑。阿诺德所表现出的那种唤起孤独感、孤立感以及对于未来的恐惧和绝望的能力，展示了该诗的思想深度和文学魅力，也是学者们普遍认为该诗是维多利亚时期最优秀的作品之一的原因。

《多佛海滩》以传统的对月光下海滩的描述起首。诗歌的第一小节讲述了诗人站在多佛一隅俯视海滩的窗边观赏美丽的夜景，眼前展示了一幅静谧的画卷：海面宁静，水盛潮平；明月皎皎，朗照海滩；远可眺望法国的海岸，近可观赏海湾悬崖；海风拂面，清新甘甜……他亲切地呼唤爱人来到身旁，和他一起尽情欣赏这醉人的月色。诗篇起首的曲调宁静而优雅，诗人用"calm""fair""tranquil""sweet"等词语奠定了基调，给人以无限遐想。然而，这种平静和优雅或许只是一种渲染、一种衬托、一种铺垫，就像暴风骤雨来临之前片刻的沉寂和平静一样，为后面的高潮迭起埋下伏笔。

此外，诗人在开篇描述月明如镜的美，以此隐喻一种人类的孤独。因为月亮是孤悬于天的，面对着月亮，人类总是表现出无所依傍的忧伤。这一点在古今中外的各种文学作品中不乏其例，如李白《静夜思》中的"举头望明月，低头思故乡"，还有苏轼《水调歌头》中的"但愿人长久，千里共婵娟"，以及萨福《午夜》中的"月儿西沉，七星也消隐"等等,月亮带给人的总是对孤独的哀叹和渴望摆脱孤独而发出的呼唤。

与平和、怡人的海滩描述相对的是,诗人开始沉思波浪的行动。伴随着海涛和缓而富有节奏的潮涨潮落,诗人一时心潮起伏,难以平静。紧接着两个过渡句:"浪花沿着孤寂的海岸四处飞溅/月光染白的大地和大海连成一线",使得话锋一转,引出了诗人的感伤。海潮涌来,喧嚣刺耳,惊涛拍岸,浪花四溅,怒潮把海底的石子裹挟、席卷并抛向高耸的海岸,势不可挡;而在惶急潮退之际,大海却又是那样的柔弱和无力,把无以数计的卵石抛撒、弃落在茫茫的海滩。潮起,潮落,又一次潮起……如此循环往复,永无止境。这种单调的重复和震颤的旋律,给诗人平添了无穷的忧伤,奏响了一首永恒的哀曲。此时的大海已不再是风平浪静,"grating roar""fling""tremulous"等词的描述已完全改变了那种田园诗式的意境,形成了一种紧张与张力很强的效果。诗歌的意象也由前面的视觉画面切换到了听觉的描述,细致地刻画出此时海景的黑暗面,而最后一行的"sadness",使得这种黯然的韵味更加厚重了。

为什么安宁、静谧的海景转眼之间就变得如此地躁动和悲凉?诗歌的第二小节讲述了让诗人触发伤感的并不是某件具体的事物,而是"一种思想"(a thought),一种基于对"人类苦难"(human misery)的悲天悯人的意识:世事如海水,潮涨潮落、起伏不定;人生如石子,没有定则、无所依靠。这种意识使诗人心有灵犀,与古希腊的先哲碰撞出相同的思想火花。诗人由此联想起古希腊的悲剧作家索福克勒斯。这位先哲在年代久远之时,静伫在爱琴海边,听着这潮涨潮落的悲歌,也曾哀叹过人类苦难的命运。因为对于生活在爱琴海和地中海周围的古希腊人来说,在风云突变、波涛诡谲的大海上,突如其来的灾难常常使驾着小船在风浪中颠簸、飘摇的人们感到世事的无常和命运的多舛,正如这海潮涨落的往复和被海水裹挟、抛掷的石子一样。在这里,作者借索福克勒斯的哀叹暗喻了当时英国社会的工业文明和宗教改革使得文化传统衰落和信仰支柱崩溃,人文知识分子所感到的无所依靠、无所适从的心绪。同时,因为古希腊先哲的映衬,诗中跨越了时空的界线,由月光、海潮涨落而引发的个人伤怀,转向对于整个"人类苦难"的哀叹,拓展了本诗的内涵。

接下来诗歌的第三小节,作者点明了本诗的主旨。就像涨潮的海水包围着陆地一样,曾经"满潮"的"信仰之海"处处洋溢在人们的生活当中,其波涛如同飘散的彩带,以鲜亮的色彩环绕着五湖四海……这里暗示了传统宗教信仰在过去的时代里给人们的生活提供了安慰和意义。而今潮退之际,"海波悠长感伤的叹息/渐渐融入夜风的呼吸/沿着广漠幽暗的边际/和裸露的卵石融为一体"。潮涨潮落的强烈反差,衬托了信仰崩塌的失落和忧伤。在这些诗行里,阿诺德用了"melancholy""long""vast edges"和"drear"等词,奏响了"信仰之海"潮退的哀歌,传诵着失落和绝望的幽怨之曲。此时的海滩与开篇之初的景观已有天壤之别,海面不再宁静、空气不再清新,海岸线也不再闪烁着银辉……只剩下感伤的叹息、幽暗的边际,还有那撒落一地黝黑、裸露的卵石。

诗歌的最后一小节,诗人指出,虽然工业文明带来了经济的繁荣和物质的充裕,放眼寰宇,梦幻般的大地在我们面前伸展,是那么地崭新、美丽和绚烂;但是,信仰支柱的倒塌和传统文明的失落,却使这世上没有了欢乐、爱情和光亮,也没有信念、和平以及对痛苦的救援。人们仿佛置身于黑暗的荒原,"战争和溃逃交汇成一片惊恐和混乱/愚昧的军队在黑夜里不断厮杀"。这里作者借用 1848—1849 年欧洲各国的战争,表明没有了信仰的支撑和普遍的秩序,尽管拥有充裕的物质生活,精神空虚的人们仍生活在黑暗和愚昧之中。看到"信仰之海"的潮退,却没有力挽狂澜的力量,也没有拯救社会的良策,此时的阿诺德唯一所能找到的慰藉就是和爱人彼此忠诚、心心相印,以此激发对生活的勇气和热情。诗歌的最后以"darkling plain"和"ignorant armies"结尾,表现出一种极度沮丧绝望的心境。

## 三

综上所述,阿诺德综合了对英国社会变革的批判和反思、自身情感波折的压抑和苦闷,以及他对诗歌创作和评判的独特理念等因素所作的这首《多佛海滩》,通篇充溢着浓厚的忧思情绪,表达了正处于人生转折时期的阿诺德"徘徊于两个世界之间/一个死了/另一个尚无力诞生"的精神荒原状态下的苦闷,反映了在传统文明已轰然倒塌,而新的精神支柱尚未建立的转型社会,一代信奉传统文明的知识分子无所依归、孤独无助的心态,抒发了他们作为现代人所感受到的迷茫与困惑,同时也表达了作者个人面对时光流逝和世道多变的沮丧绝望的心情。失望之极生希望,正是经历了这种极度的思想嬗变,日后阿诺德才得以提出具有深远影响的"文化批评"和道德重建思想。可以说《多佛海滩》为阿诺德的"文化批评"论确定了逻辑的起点。

## 第二节　我送你远航，却种下忧伤——读《被遗弃的人鱼》

《被遗弃的人鱼》(The Forsaken Merman)是英国维多利亚时期杰出诗人马修·阿诺德的代表作之一。该诗虽取材于丹麦一个古老的人鱼故事，但在阿诺德的笔下，却蕴含着对现代工业社会中精神家园失落和人间亲情冷漠的批判。

### 一

《被遗弃的人鱼》记述了男人鱼(Merman)领着自己的儿女，从深海来到人间，寻找呼唤在教堂中祷告的凡人爱妻玛格蕾，却在撕心裂肺、肝肠寸断的呼唤中得不到任何回应的故事。由此展现了男主人公遭爱妻抛弃的伤心欲绝，小人鱼们丧失母爱的凄楚可怜的悲情。

该诗以男人鱼哀婉、绝望的独白起首。"走吧，亲爱的孩子们，我们走吧，/让我们回深海！"[①]这虽然是男人鱼对儿女返回深海的催促话语，但那样一种依依不舍，那样一份万般无奈，那样一汪幽怨深情，在诗歌的一开始，便已经一览无遗地跃然纸上。此情此景，恍如中国神话故事牛郎织女中最凄惨的一幕：天兵天将把织女掳走了，牛郎用箩筐挑着两个儿女，披着牛皮追上天庭，眼看就要追上了，孩子们都张开双臂，大声呼喊着"妈妈"。可就在此时，狠心的王母拔下她头上的金簪，往他们中间一划，顿时一条波涛滚滚的天河横在了织女与牛郎及儿女之间，从此天人相隔、无法跨越了。牛郎织女的相隔是因为狠心王母的阻挠，而男人鱼与妻子的相隔，却是另一番的凄楚难耐。

为什么必须要回到海里去？因为："我的兄弟们正在海湾里召唤；/烈风正在向

---

[①] 本书中该诗的中文译本参考详见，[英]弗特帕尔格雷夫，原编.罗义蕴等，编注.英诗金库(下卷)：被遗弃的人鱼[M].飞白，译.成都：四川人民出版社，1987.

岸上吹,/咸潮正在往海里退,/雪白的马群正在撕咬撒野,/在水花白沫中暴跳如雷。"在这样一个风烈、潮退的时刻,人鱼们再不回到深海就将危及自身安全的时刻,从另一个角度也反衬出男人鱼领着儿女出来寻找爱妻已经很长时间了,现在必须返回深海去了。

就在这样一种时刻,"临走前再叫她一声,/再唤她一回。/这声音,她应该认得清:/'玛格蕾!玛格蕾!'"而且孩子的声音,"在妈妈的耳里怎能不亲?/孩子的声音,充满发狂的苦痛,/她怎能不回来?/……'亲爱的妈妈,我们不能在这儿呆。'"通过临走前男人鱼再一次对爱妻的呼唤,小人鱼对母亲最后的恳求,反映出人鱼们对其妻其母的挚爱深情。然而,千般呼唤,万般哀求,即便如此也没有得到玛格蕾的丝毫回应。

男人鱼在伤心欲绝之时,回忆起爱妻在身边与家人其乐融融的景象:甜美的钟声荡漾在海湾,人鱼一家悠闲地躺在岩洞中,透过浪声,透过涛声,倾听远处传来的银钟声。此情此景,该是多么惬意!多么幸福!铺满细沙的岩洞凉爽而深邃,周边的环境令人沉醉:那里,"四方的风全都在安睡,/光线减弱而变幻闪烁,/海草在水流中摇曳婆娑,/海兽在到处繁衍生息",那儿,有海蛇在缠绕盘旋,还有巨鲸在不停巡航……这样一幅安全、恬静、美丽的图景,让人遐想无限、心驰神往。

同时,男人鱼还回忆起爱妻离开那天的情景,"那天她和我们一同坐在海心,/坐在金红的宝座上,/她把最小的孩子抱在膝上,/抚爱着他,把他的金发梳光,/这时,从上方飘来了遥远的钟声。/她透过澄碧的海水仰望,/叹息着说:'我必须去,因为我的亲人们/今天在岸边灰色的小教堂里祈祷。/人间要过复活节了!——哎!/而我在这儿,跟你——跟人鱼一道,/会把我可怜的灵魂失掉。'我说:'去吧,爱人,穿过碧波上升,/做了祷告,再转回亲切的岩洞。'/她微笑着,浮上了浪花拍岸的海湾。"在这里,玛格蕾在与家人和美恬娱之际,听到了教堂钟声的召唤,她对丈夫说,她必须去做祷告,否则"会把灵魂失掉"。丈夫对此也深表理解,豁达地说:去吧,做完祷告,再转回来与家人团聚!可谁知这一去,竟再也没有回还!

经过漫长的等待,妻子依然杳无音信,"大海起了风暴,孩子们哀哭不休",于是男人鱼带着孩子们浮到海面,沿着香石竹花开放的沙丘,来到小镇的灰色小教堂,去寻找他亲爱的妻子。他们透过窗玻璃,看到玛格蕾坐在廊柱旁认真地祷告,虽然他们极力呼喊,但玛格蕾心无旁骛,目光专注在圣书上。男人鱼只好带着孩子们悲切地返回大海。

而玛格蕾在离开丈夫和孩子们之后,虽然表面上看似神态光鲜、心情愉快,但内心却十分孤独、悲伤郁闷。"她在喧闹的镇上,坐在纺车旁,/唱得多么欢畅。/听呀,她在唱'欢乐呀欢乐/属于喧闹的小巷,属于玩耍的孩子!/属于牧师、钟声和圣水泉,/属于我纺纱的纺车,/属于太阳神圣的光!'她这样尽情地唱,唱得多么欢畅,/直到纺锤从她手里落下,/嗡嗡的纺车停止了转动。/她悄悄走近窗边眺望沙滩,/又越过沙滩远望海中。/她的目光变成了凝视,/胸中发出一声叹息。/从她悲伤笼罩的眼里,/从她悲伤压抑的心底,/不时落下一滴眼泪,/不时发出一声叹息,那么深,那么长——/为了小人鱼姑娘奇冷的眼睛/和她金发的闪光。"

因挚爱的抛弃产生内心的怨恨,男人鱼开始对爱妻进行谴责:"每当疾风摇撼窗门/她会突然从梦中惊醒,/她会听见狂风怒号,/她会听见滚滚涛声。/而我们,当我们的上空/波浪汹涌翻卷,/我们会抬头看见/一层珍珠琥珀的天。"

尽管对爱妻回还已无指望,尽管心中已悲愤异常,但男人鱼及其孩子们,每当在和风轻吹、月色明媚、大潮尽退的子夜,就会伴着石南花和金雀花的芳香,伴着高耸礁石的影子,匆匆升上海湾,望着山坡上,久久徘徊、久久凝望,然后悄悄地回到海中。"我们唱:'那儿住着亲爱的人儿,/可是她太冷酷!/她离开了海王的家族,/使他们永远孤独。"

## 二

在《被遗弃的人鱼》中,虽然从字面上看阿诺德是在记述一个古老的人鱼故事,但在思想深处却反映了19世纪英国资本主义社会的精神危机。马克思和恩格斯在1848年发表的《共产党宣言》中深刻指出:"资产阶级在它已经取得了统治的地方把一切封建的、宗法的和田园诗般的关系都破坏了……它把宗教虔诚、骑士热忱、小市民伤感这些情感的神圣发作,淹没在利己主义打算的冰水之中……资产阶级撕下了罩在家庭关系上的温情脉脉的面纱,把这种关系变成了纯粹的金钱关系。"[①]阿诺德创作此诗时与《共产党宣言》发表的时代大体相当,不敢说阿诺德与马克思和恩格斯具有相同的思想立场,但面对资本主义的急剧扩张及其产生的社

---

① [德]马克思,恩格斯.共产党宣言[M].北京:人民出版社,1997.P30.

会矛盾和精神危机,却是任何一个同时代负责任的知识分子都能感同身受的。

肇始于 15 世纪的英国圈地运动,新兴的资产阶级贪图丰厚的利润,通过暴力把农民从土地上赶走,把强占的土地圈占起来,变成私有的大牧场和大农场。失去土地的农民没有了生存保障,被迫成为劳动力市场上的无产者,靠到工厂做工出卖劳动力维持生计。圈地运动是一场活生生的"羊吃人"运动,牺牲了农民的利益,积累了原始资本,为英国资本主义发展奠定了坚实基础。所以,马克思在《资本论》中强调:"资本来到世间,从头到脚,每个毛孔都滴着血和肮脏的东西。"① 随后于 18 世纪 60 年代兴起的第一次工业革命,开创了以机器代替手工劳动的时代。社会进一步分化,贫富差距加大,社会矛盾凸显、宗教信仰崩塌。资本主义"无情地斩断了把人们束缚于天然尊长的形形色色的封建羁绊,它使人和人之间除了赤裸裸的利害关系,除了冷酷无情的'现金交易',就再也没有任何别的联系了。"②

在《被遗弃的人鱼》一诗中,从玛格蕾坚持去教堂做祷告,到她独自坐在纺车旁叹息悲伤,深刻反映了资本主义社会人们精神家园的失落。"去教堂做祷告",象征着发展资本主义的一种精神信仰,是对资本主义新教伦理的虔诚。在这种信仰的感召下,玛格蕾可以抛夫弃子,心无旁骛,不顾丈夫和儿女们撕心裂肺的呼唤和哀求,把家庭和谐与亲情温暖"淹没在利己主义打算的冰水之中"。在资本主义急剧扩张的时代,英国社会呈现出一派繁华、喧嚣的景象。嗡嗡急转的纺车、喧闹嘈杂的小镇,寓意着英国进行工业化和城镇化的场景,表面上一片笙歌燕舞,表面上一派热闹繁华,但其内心深处,却是忧愁笼罩、悲伤郁结、一声叹息。从这个意义上讲,人鱼一家本来在恬静、悠闲、和美的海底岩洞中幸福地生活,因为玛格蕾执意要参加教堂的祷告,要寻求灵魂的慰藉,所以男人鱼豁达地为爱妻送行,恳请其速去速回。可哪知爱妻这一去,就再也不回来了。即便是男人鱼携儿带女,从深海来到岸边,深情呼唤、苦苦哀求,也唤不来妻子半点的回心转意。而玛格蕾表面上在工业社会的繁华喧闹中,心满意足、尽情欢畅,但在夜深人静、远眺海滩之际,内心深处压抑的悲伤和忧愁却情不自禁地流露出来。

因此,诗人通过人鱼一家从恬静走向撕裂、从欢愉走向悲伤、从温情走向幽怨

---

① [德]马克思.资本论(第一卷)[M].北京:人民出版社,1975.P829.
② [德]马克思,恩格斯.共产党宣言[M].北京:人民出版社,1997.P30.

的悲惨遭遇,揭示了资本主义工业化、城镇化给英国社会原先田园诗般和谐关系的破坏,把宗教的虔诚和家庭的温情都异化变质,喻示着资本主义社会人们精神家园的失落和人文情怀的淡漠。

## 三

有学者提出,斯多葛主义(Stoicism)的人生态度对阿诺德的诗歌影响巨大。在《被遗弃的人鱼》中,阿诺德从男人鱼的视角,表达了一个失去妻子、失去爱情的人所经受的痛苦和折磨,以及他宁愿独自忍受痛苦和煎熬而不愿去打扰妻子新生活的那种复杂的心理状态。①

诚然,在阿诺德的诗歌里,孤独和悲怆是其永恒不变的主题。在被遗弃的人鱼身上,我们依然能够隐约看到阿诺德自身的生活缩影。早在1848年,阿诺德在创作一首题为《致友人》的诗歌中,就曾自问自答地提到,"是谁,在这段艰难的日子里,支撑着我的心灵?"他的回答是荷马、埃皮特忒斯和索福克勒斯。这几位古希腊文学家和哲学家都曾经历过或者描写过人生的痛苦和磨难,并且在一定程度上都表现出斯多葛主义的人生态度。那就是在痛苦和命运面前做出一种逆来顺受的忍让姿态,采取一种淡泊超脱的处事方式。阿诺德认为,索福克勒斯能够"平和地看待人生,完整地看待人生",因为,他的灵魂"不被世事所愚钝,不为激情而癫狂"。②

在《被遗弃的人鱼》中,男人鱼对妻子的深情和挚爱自不待言。从他寻找妻子撕心裂肺、肝肠寸断的呼喊声中,从他久候妻子不惧艰险、夜夜彷徨的眼神之中,从他回忆全家幸福祥和、其乐融融的场景之中,从他送行妻子返回人间、不愿干扰的包容之中……字字句句都饱含着男人鱼对妻子的思念和眷恋。然而,纵使家人离散、儿女痛哭、内心撕裂,男人鱼对爱妻在教堂的祷告,在人间的生活,却依然深情地呼唤着、默默地凝视着、轻轻地抱怨着,而没有采取进一步的干扰或破坏行动,去打搅她的清静、扰乱她的生活。这种内心的苦楚和煎熬,无人诉说、无处宣泄,只好独自一人承受、一人独撑……可见,阿诺德在对男人鱼的描写刻画中,倾注了自己

---

① 钱青.英国19世纪文学史[M].北京:外语教学与研究出版社,2006.P176.
② 同上。

对于悲情和苦难的人生态度,也折射出他对世事的一种悲哀和无奈。

## 第三节 斯人已逝,幽思长存——读《六月之夜》

《六月之夜》是英国维多利亚时期著名的诗人兼批评家马修·阿诺德为悼念"桂冠诗人"威廉·华兹华斯所作的纪念诗《自然之骄子》的第一节。该诗语言清新、风格恬静、意境悠远、内涵丰富,给人以无限的遐想和沉思。本节结合阿诺德与华兹华斯的深厚友谊,阿诺德对华兹华斯的独特评价,华兹华斯所坚持的一贯诗风等方面,对《六月之夜》的赏析作些研究和探讨。

### 一、《六月之夜》的中英文对照

《六月之夜》目前所见的最早中译文,是由刘佳敏所翻译的,起初发表在《译林》1982年第3期。据她自己介绍:"第一次读原文是在大学一本讲义里,没有最后五行,但有点爱不释手,便翻译成汉语,后在《译林》发表。今偶然看见完整的原文,觉得更加优美,特补译并更正了原译的一点错误。"经过多方比较,笔者认为刘佳敏的译文在信、达、雅等方面,都精准地体现了该诗的最佳意蕴。故本文研究中采用此译文。以下是《六月之夜》的中英文对照。

| A Night in June | 六月之夜 |
|---|---|
| Raised are the dripping oars, | 滴水桨儿上翘, |
| Silent the boat! The lake, | 船儿静悄悄; |
| Lovely and soft as a dream, | 漾漾湖水柔如梦, |
| Swims in the sheen of the moon. | 幽幽月华摇。 |
| The mountains stand at its head; | 连绵山峦船头立, |
| | 晰晰青山影; |
| Clear in the pure June-night, | 朗朗六月清辉夜, |
| But the valleys are flooded with haze. | 山谷夜雾弥。 |
| Rydal and Fairfield are there; | 瑞岱、美地依然在, |

| | |
|---|---|
| In the shadow Wordworth lies dead. | 人眠山荫底； |
| So it is, so it will be for aye. | 物是人非，光阴不回。 |
| Nature is fresh as of old, | 清丽山水未曾改， |
| Is lovely; a mortal lies dead. | 诗人不复还。 |

《六月之夜》以作者重游华兹华斯故地起首，描绘了一幅清新恬静、意境悠远的自然画面。一个月朗星稀的夜晚，作者阿诺德划着一叶扁舟来到华兹华斯曾长期隐居其畔的英国昆布兰湖上。当船停挂桨之际，作者触景生情，陷入沉思，缅怀逝去的师友。作者的视线由近及远展望开去，只见刚刚挂好、微微上翘的船桨尚在滴答着湖水，但船上的氛围已陷于一片肃静和沉寂；碧波荡漾的湖水，就像梦幻中一般轻柔；水银般皎洁的月光，清幽地到处摇曳倾泻；船头矗立的连绵山峦，在湖中倒映着清晰的阴影；轻纱般的薄雾，正从山谷间弥漫笼罩开来……这无边的美景！这人间的仙境！但我那钟情山水的敬爱师友呢？他却长眠在这群山的树荫底下了！此情此景，令作者思绪万千、暗自嘘唏：山水依旧，风景依旧，但却物是人非，光阴不回，我那挚爱的师友，永远都不可能再回来了……

## 二、华兹华斯对阿诺德的深刻影响

威廉·华兹华斯（William Wordsworth，1770—1850）是著名的英国浪漫主义诗人。1798年，华兹华斯与柯勒律治合作发表的《抒情歌谣集》（*Lyrical Ballads*）被认为是英国诗坛浪漫主义时代到来的标志。随后的30年，英国的浪漫主义诗歌独领风骚，达到了欧洲文坛的顶峰。华兹华斯成为引领这一时代潮流的杰出代表。马修·阿诺德作为英国维多利亚时期著名的文学评论家，他"几乎单枪匹马使英国批评走出了浪漫主义时代盛况之后所陷于的低潮"。[①] 阿诺德孩提时正值英国浪漫主义运动开展得如火如荼的年代，因而不可避免会对曾经深刻影响其成长的浪漫主义诗人作出自己的评价。华兹华斯曾经与阿诺德一家比邻而居，又是阿诺德父亲托马斯·阿诺德的好友，两家经常聚会交流。这种私交情感也使阿诺德理所

---

① [美]雷纳·韦勒克.近代文学批评史(1750—1950)(第四卷)[M].杨自伍,译.上海：上海译文出版社,1997.P210.

当然为华兹华斯作些公道的赞誉。

　　早在 1824 年夏天,托马斯·阿诺德一家就曾到华兹华斯隐居的昆布兰湖区旅行,并受到华兹华斯的热情接待,阿诺德夫人对华兹华斯的印象是:"性情温和,很有绅士风度,外貌与举止透着高贵"。① 后来,阿诺德一家在华兹华斯故居附近格拉斯米尔山谷(Grasmere Valley)的绿色盆地里租了个房子,两家比邻而居、私交甚笃,经常组织一些户外野餐等聚会。阿诺德父子还与华兹华斯一起散步,探讨有关英国改革法案等政见。小阿诺德还经常与华兹华斯体弱多病的女儿多拉(Dora)一起玩耍,并在福克斯豪(Fox How)客厅里专注聆听华兹华斯对新作品的朗诵。华兹华斯注重道德评价的理念,在阿诺德幼小的心灵里扎下了根。在随后这些年里,阿诺德非常尊重华兹华斯,而且他母亲也有同感。尽管有所保留,但他们一致认为在华兹华斯的抒情诗和民谣中看到了简约、清晰和直接的典范。1850 年,当华兹华斯去世时,阿诺德这样写道:

　　　　他最好的声音
　　　　给我们一种敬畏感,
　　　　他本人未点燃的火炬,
　　　　巨大、宏伟、忧郁。

　　在去世之前一两年,华兹华斯还曾去过福克斯豪,他坐在客厅火炉旁边的板凳上,与阿诺德侃侃而谈从意大利众巨人到柯勒律治的诗歌。在评论诗人时,华兹华斯对阿诺德谆谆告诫:"歌德的成就未能令人足够信服。"这对此后阿诺德在评判以往文学大家时留下了深刻的烙印。在谈论英国时,华兹华斯强调:"尽管我们的祖国培养了许多杰出的诗人,但当下她是欧洲最无诗意的国家。"这位寄情山水、返璞归真的诗人重申:想想我们的祖先,他们对于自然山水以及花草树木的命名,是多么富有情感,多么富有诗意啊! 近代以来的工业、商贸以及城镇化扩张,使得英国同胞对于想象力和文学的感应越来越迟钝了;一个没有诗意的时代必然要走向一个前景黯淡的未来……这些在阿诺德的心灵中引起了广泛地共鸣。阿诺德后来回忆说:"我是在一位诗人的影响下长大的,他对我们的中产阶级和贵族阶级的行动

---

① Park Honan. *Matthew Arnold:A Life*. Massachusetts:Harvard University Press,1983. P10.

非常不满……那位诗人说服了我,由此我几乎就将我一生的业余时间都倾注在向那两个阶级的……说教上。"①

1850 年 4 月的一天,在过完 80 岁生日的两周后,华兹华斯——这位 19 世纪最伟大的英国诗人与世长辞了。阿诺德当时在英国北部作教育督导巡视,华兹华斯的女婿爱华德·奎琳南(Edward Quillinan)希望阿诺德能为华兹华斯写首挽歌。一个月以后,阿诺德就拟就了这首《自然之骄子》的悼念诗,并将华兹华斯与歌德、拜伦等名家联系起来高度赞誉。"纪念诗"富有情感,也很意味深长。阿诺德还把他的导师华兹华斯比作是希腊神话中的"忒拜先知",甚至疏离、孤独的恩培多克勒。阿诺德自己对这首"纪念诗"很满意,他说:"我在奎琳南的请求下,以宏伟的风格完成了威廉·华兹华斯的挽歌。"②1879 年,阿诺德在其主编的《华兹华斯诗歌选》序言中,全面系统地作出了他对华兹华斯的评价,由此也阐释了他对诗歌和诗人的评判标准。1888 年,该《序言》再次收录在阿诺德《评论集》的下册中。

### 三、阿诺德对华兹华斯的独特评价

在《〈华兹华斯诗歌选〉序言》中,阿诺德指出华兹华斯是过去两三个世纪以来继莎士比亚、莫里哀、弥尔顿、歌德之后的又一位伟大诗人;在英国诗人中华兹华斯的地位仅次于莎士比亚和弥尔顿。阿诺德对华兹华斯的这种高度评价与他的"人生批评"是分不开的。按照阿诺德的"诗歌是人生批评"的理论,诗歌伟大的最根本之处就在于将观念崇高而有力地运用到生活之中,将诗人"关于人,关于自然,关于人类生活"的观念运用到他所表现的主题当中。伟大的作品是关于人、自然、宇宙的有机整体的一部分,而不是一个孤立的存在,它与普遍性有关,能够穿越时空的限制。华兹华斯的优秀也正在于此。阿诺德认为与彭斯、济慈、海涅相比,华兹华斯也许没有他们的幽默、激情和妙语连珠,但是他理解人生与世界,他的诗更多的是"关于人,关于自然,关于人类生活的作品",他留下了一大批在思想深度、创作意境、文体质量上都能使其永葆清新,并深刻刻画生活的上乘佳作。他细致地观察生

---

① Park Honan. *Matthew Arnold:A Life*. Massachusetts:Harvard University Press,1983. P196.
② Park Honan. *Matthew Arnold:A Life*. Massachusetts:Harvard University Press,1983. P199.

活,在诗中有力地描写生活、表现生活,他是一位生动刻画生活的艺术大师。华兹华斯的伟大还在于诗人敏锐的感悟力与精湛的表达力。他能够深切地感受到大自然带给人的快乐,感受到友爱与责任带给人的快乐,并将其诉诸笔端,将这份快乐无私而畅快地传递给读者,恰似灵感突涌:华兹华斯的佳作就像大自然本身为他提供素材并一气呵成。这些融入了严肃的哲理思考、清纯的自然诗歌佳作,使读者不仅陶醉在大自然的芬芳中,而且还能在诗人的引导下于平凡中见不平凡,认真地思考人生、思考生活。

此外,华兹华斯的写作风格对主题的表达也功不可没。阿诺德认为,华兹华斯虽得益于彭斯的简朴风格,却有着自己超群绝伦的特色。他用一种最简单、最直接、最质朴的自然风格表达主题。其表达常常被认为是无装饰的、赤裸裸的。但恰如高山的顶峰是光秃秃的一样,阿诺德认为这种无修饰使得作品充满了宏伟之感。因此,在华兹华斯诗集中,阿诺德没有选入华兹华斯篇幅较长的哲理诗,而是"最能展示华兹华斯独特魅力"的简朴、自然的诗歌。阿诺德重视的正是华兹华斯处理主题时的无比真诚以及主题本身的自然属性,华兹华斯能够超越个体的局限,看透人类的普通生活,提炼生活的精华。无疑,阿诺德将评价的重点放在华兹华斯诗歌的道德诠释力量上,他那朴实无华的诗歌创造出高远的意境,精辟深刻的寓意令读者思索人生的意义、生活的内涵。

## 第四节 缘分天定,人难强勉——读《相遇恨晚》

在马修·阿诺德的早期诗作中,《相遇恨晚》(*Too Late*)可谓是哲理诗中的佳作。该诗短小精悍、意蕴悠远,给人以无限的遐想和启迪。现将该诗的中英文对照呈现给读者,再结合笔者的理解作些粗浅的解读。

一

**Too Late**

Matthew Arnold

Each on his own strict line we move,

**相遇恨晚**

浓浓的绿意 译

人生各自沿轨迹,

| | |
|---|---|
| And some find death ere they find love; | 真爱难觅或故去。 |
| So far apart their lives are thrown, | 互为彼此应为半, |
| From the twin soul which halves their own. | 天各一方被抛却。 |
| | |
| And sometimes, by still harder fate, | 运命多舛苦弄人, |
| The lovers meet, but meet too late. | 情侣相逢已向晚。 |
| 'Thy heart is mine!' 'True, true! Ah, true!' | 汝心属我化往事, |
| 'Then, love, thy hand!' 'Ah no! adieu!' | 而今别过释凄然。 |

对于阿诺德的这首歌,虽然网上已有至少五种中译版本,但笔者认为无论从诗歌的主旨、风格和写意等方面,"浓浓的绿意"翻译的这首《相遇恨晚》最为传神和出彩,故本书选用此译文。

诗作虽然只有短短的八行,却道出了一个人世间最为恒久,也最为沉痛的话题。作者以哲人的遐思,思索这个世界的人生无常、世事难料。并娓娓道来:每个人都在自己的人生轨迹上踟蹰前行;有的人甚至还未找到真爱就已撒手西去。互为彼此的眷属,却天各一方;而孪生的灵魂,亦生死两茫茫。人生的际遇啊,为何总是如此阴差阳错、命运多舛?真挚相爱的情侣再次聚首,却已两鬓斑白、花季错失。虽然灵犀相通、心心相印,但却无缘携手、凄然别过……此情此景,是何等的令人荡气回肠!又是何等的叫人黯然神伤!

关于描述此类人生际遇的哲理诗,中国古代也有不少文人骚客著有绝妙佳句。被誉为"诗圣"的唐代诗人杜甫在《赠卫八处士》中写道:"人生不相见,动如参与商。/今夕复何夕,共此灯烛光。/少壮能几时?鬓发各已苍!/访旧半为鬼,惊呼热中肠。"生动描绘了好友相隔二十余载再次相见的惊讶与悲欢。虽然诗中也记述了好友重逢的喜悦与畅饮,但诗作的最后两句:"明日隔山岳,世事两茫茫",又令人无比的哀婉和惆怅!北宋的诗词大家苏轼在《水调歌头》中也写道:"转朱阁,低绮户,照无眠。/不应有恨,何事长向别时圆?/人有悲欢离合,月有阴晴圆缺,此事古难全。/但愿人长久,千里共婵娟。"精准描绘了诗人在中秋月圆之时,因思念亲人、渴盼团聚而不得的感伤心情,最后只得自我进行心理安慰,惟愿亲人彼此珍重、健康长寿,虽不能团聚相见,但相隔千里亦可"共婵娟"。苏轼的《水调歌头》成为了中秋词中最脍炙人口的一首。南宋的胡仔在《苕溪渔隐丛话》中说:"中秋词自东坡《水调歌头》一出,余词尽废",给予了相当高的赞誉和评价。

## 二

　　这首《相遇恨晚》,是马修·阿诺德在 1852 年前后创作的。要全面理解这首诗的深刻内涵,必须深入了解和剖析这一阶段的时代背景和作者的思想动态。

　　从社会历史背景来看,在维多利亚时期,英国一方面经济实力空前强大,成为世界经济强国,另一方面也面临着深层的精神危机。功利主义的盛行和人文精神的衰落,使阿诺德这样的知识分子感到了社会变革转型时的信仰危机。"正是怀着这样一种愤世嫉俗的心情和对传统文明的深深依恋,阿诺德以他低沉的歌声和忧郁的情调抒发出他心中的郁闷和悲哀,写出了刚跨入现代社会的人所经历的精神上的孤独和异化的倾向。"[①]

　　从个人情感阅历来看,阿诺德从小立志要当一名伟大的作家,但为了爱情和家庭他的抱负受到了限制。1852 年 6 月,他的长子汤姆出生,但这个孩子身体虚弱,患有先天性心脏病,这给他的家庭生活带来了很大的压力。曾经有一次,因为与房东的误会,妻子范妮被赶出了寓所,"几乎一周里,她带着一个虚弱、哭闹的孩子被逼得'无家可归'"。[②] 为应对家庭的各种困难和危机,无疑使阿诺德心境焦躁、孤苦煎熬。

　　同时,阿诺德担任教育督学工作,经常要到各地的学校去巡视检查。所见到的景象是林立的烟囱、漆黑的工厂、狭窄的小巷、污秽的下水道……工人和失业者生活在恶魔般的贫民窟,这里的学校也几乎无人问津、缺乏管理,只有十几个生病或"无精打采而孤独"的教师,到处是因缺衣少食而被疾病吞噬的失学儿童。所以,他在给友人的信中提到,"现在的状况是真正的空虚、贫瘠和没有诗意。"[③]此外,他的挚友克拉夫,此时正好处于失业,准备漂洋过海前往美国。想到自己的诗友和心灵导师不在身边,阿诺德内心那种孤独无靠、无所依归的感觉更加强烈,由此激发其

---

[①] 李幼蒸.历史符号学[M].桂林:广西师范大学出版社,2003. P241.

[②] Park Honan. *Matthew Arnold: A Life*. Massachusetts: Harvard University Press, 1983. P271.

[③] Park Honan. *Matthew Arnold: A Life*. Massachusetts: Harvard University Press, 1983. P272.

创作《相遇恨晚》的灵感和激情。

三

悲怆和孤独,可谓是阿诺德早期诗歌创作的主旋律。悲怆反映的是诗人对人生悲惨命运的隐忍和煎熬。如在《被遗弃的人鱼》中,诗人讲述了凡人妻子因宗教信仰而抛夫弃子离开大海,男人鱼带着儿女寻找妻子、呼唤妻子归来的故事,表达了一个失去妻子、失去爱情的人所承受的内心痛苦与折磨,以及他宁愿独自忍受痛苦也不愿打搅妻子新生活的那种复杂心理状态。①在《隔。致玛格丽特》(*Isolation*:*To Marguerite*)中,诗人把自己的失恋和悲情,比喻为贞洁的月亮女神对凡人恩底弥翁之爱,中间是天人相隔的距离,只能是可望而不可及的结局。

孤独,既是诗人爱情失恋的具体感受,也是其对人生的认识和感悟。如在《致玛格丽特:续篇》(*To Marguerite—Continued*)中,诗人把人生比喻为巨大的海洋,将个体比喻为海上的一个个孤岛,人与人之间的沟通和交流需要越过宽泓的水面,讲述因无法与心上人进行沟通而承受的孤苦。在《被埋藏的生命》(*The Buried Life*)中,诗人再次涉及到恋人之间的交流和沟通,认为人们在表面的话语、意愿和期望下面,还有更真实、更深层次的话语、意愿和期望,需要我们打开心灵的窗户,挣脱语言的枷锁,越过沟通的障碍。

悲怆和孤独,使阿诺德的诗歌带有浓厚的忧郁色彩,也反映了维多利亚时代的心绪走向。但阿诺德本人并不十分看好这一点,相反他认为这是其诗先天的基因缺陷。为此,他曾将其作为 1852 年诗集题名之作的《埃特纳山上的恩培多克勒》,从 1853 年的诗集中全部删去并一直不肯收录。直到 1867 年重印该诗时,应友人罗伯特·勃朗宁的执意恳请,才再次把它编入诗集。在 1853 年诗集的序言中,阿诺德解释了将该诗从诗集中删除的原因。那就是因其有悖于诗歌愉悦的宗旨而在"诗意"上有基因缺陷,由此不得不忍痛割爱。马修·阿诺德的这首《相遇恨晚》,也基本上沿袭了其一贯悲怆孤独的风格,思索的人生哲理悲观凄惨,以他本人的视线标准,可能也蕴含着某种诗意的"病态"吧!

---

① 钱青.英国 19 世纪文学史[M].北京:外语教学与研究出版社,2006.P181.

## 第五节 异化的孤独——读《隔。致玛格丽特》

阿诺德早期创作的抒情诗《隔。致玛格丽特》,诗人把孤独、犹疑、悲怆的情绪尽情释放,溢于言表。所以,著名诗歌翻译家飞白先生认为该诗彰显了"异化的孤独"这一主题,不无道理。本文遵循飞白的有关思路,就该诗的"孤独"主题作些解析和探讨。

### 一

**Isolation: To Marguerite**

Matthew Arnold

We were apart; yet, day by day;
I bade my heart more constant be.
I bade it keep the world away,
And grow a home for only thee;
Nor fear'd but thy love likewise grew,
Like mine, each day, more tried, more true.

The fault was grave! I might have known,
What far too soon, alas! I learn'd—
The heart can bind itself alone,
And faith may oft be unreturn'd.
Self-sway'd our feelings ebb and swell—
Thou lov'st no more;—Farewell! Farewell!

Farewell!—and thou, thou lonely heart
Which never yet without remorse
Even for a moment didst depart

**隔。致玛格丽特**

飞 白 译

我们虽分别,但一天又一天
我令我的心更加忠诚不渝。
我令它作你一人的家园,
我令它把整个世界摈弃。
我深信你的爱也同样忠诚,
同样历经考验而与日俱增。

我大错特错了!我本应明白
我很快就会知悉就会证明;
心可以把自己孤立、隔开,
而忠诚常常会得不到回应;
我们的感情有涨潮也有落潮,
你已不再爱了,—别了,别了!

别了!唉,我这颗寂寞的心
一直把这激情之地围绕,
哪怕在遥远的轨道上运行,

| | |
|---|---|
| From thy remote and spher{e}d course | 也从未离开过自己的轨道, |
| To haunt the place where passions reign— | 暂离片刻,也会痛悔不已,—— |
| Back to thy solitude again! | 但如今,心哪,唯有重回孤寂! |
| | |
| Back! with the conscious thrill of shame | 重回吧!带着难言的羞意, |
| Which Luna felt, that summer-night, | 正如月女神,在那夏夜时分, |
| Flash through her pure immortal frame, | 离开她星斗阑珊的天际, |
| When she forsook the starry height | 降到拉特米亚山坡松林, |
| To hang over Endymion's sleep | 当她俯视恩底弥翁的睡梦时 |
| Upon the pine-grown Latmian steep. | 闪过她胸口的羞涩的心悸。 |
| | |
| Yet she, chaste queen, had never proved | 但贞洁的女神却从未验证 |
| How vain a thing is mortal love, | 凡人之爱是多么虚幻无情, |
| Wandering in Heaven, far removed. | 她遨游太空过于远离人世。 |
| But thou hast long had place to prove | 但是我的心呀,你却已证实 |
| This truth—to prove, and make thine own: | 和明白了这条真理:"不论以前, |
| "Thou hast been, shalt be, art, alone." | 今天,今后,你都与孤独为伴。" |
| | |
| Or, if not quite alone, yet they | 也许,即使不全然孤独,那么, |
| Which touch thee are unmating things— | 接触的也全是不成双之物: |
| Ocean and clouds and night and day; | 春光的融融,秋日的漠漠; |
| Lorn autumns and triumphant springs; | 黑天和白日,沧海和云雾; |
| And life, and others' joy and pain, | 生之悠悠,别人的喜乐哀愁, |
| And love, if love, of happier men. | 以及幸运儿的爱情——假如真有, |
| | |
| Of happier men—for they, at least, | 他们的幸运在于:他们至少 |
| Have dream'd two human hearts might blend | 梦见了两颗心融合的可能, |
| In one, and were through faith released | 凭真诚,从无尽的孤独的煎熬 |
| From isolation without end | 得到片刻解脱安谧;至少他们 |

Prolong'd; nor knew, although not less
Alone than thou, their loneliness.

还懵然不知自己的孤立,
尽管其实孤立并不亚于你。

这首《隔。致玛格丽特》是阿诺德著名爱情诗《瑞士组诗》(通常又被称为《玛格丽特组诗》)中的一首。关于组诗中的人物原型"玛格丽特",西方学者曾几经考证,但均拿不出有力的证据。有人认为,玛格丽特是位蓝眼白肤、身姿优雅、活泼可爱的法国姑娘。1846年,阿诺德到法国访问时两人即已相识。随后在1848年和1849年秋天,阿诺德两度到瑞士阿尔卑斯山区旅行,在那里他与玛格丽特山盟海誓,坠入热恋的漩涡。但由于某些相互理解和心灵沟通之"隔",这段恋情最终没有结果。1851年,阿诺德与范妮·露西·惠特曼小姐结婚,对玛格丽特的爱恋就成为其心中的一段隐情。飞白先生认为,一切迹象都表明,这组诗的纪实性很强。除有诗为证之外,还有其他资料作旁证,比如他曾给好友克拉夫的信中说:"我明天要到图恩市的美景酒店去和一位蓝眼睛姑娘约会。"① 也有人认为,诗中的玛格丽特是诗人后来在英国认识的姑娘玛丽·克洛德。甚至还有人质疑,玛格丽特这个人是否真实存在,抑或只是阿诺德笔下的一个幻影。但不管这个人是谁,也不管其是否真实存在,这些都无碍于我们对这组诗歌的理解和欣赏。我们就姑且信其有,且一直是珍藏在诗人心底的女神吧!

在此诗中,诗人从热恋情侣突然遭遇失恋的心理感受起首,给人以心灵震撼和跌宕起伏之感。第一小节,诗人描绘了对恋人真挚的情感:虽已分别,但那份思念、那份爱恋却与日俱增;接着连用三个排比句:"我令我的心更加忠诚不渝。/我令它作你一人的家园,/我令它把整个世界摈弃。"这种山盟海誓般的表白更加贴切地反映了热恋青年的真情实感。而且,这种恋情不是单相思,因为"我深信你的爱也同样忠诚,/同样历经考验而与日俱增。"此情此景,任何人都会憧憬并预祝其有一个浪漫的开端、一段诚挚的恋情和一个美好的结局。

然而,第二小节却迎来了一个一百八十度转弯。恋人的爽约、誓言的背弃,让诗人措手不及,也让读者思维短路。"忠诚得不到回应","感情潮涨潮落",最为关键的是"你已不再相爱"!让诗人感到"大错特错",感到无可奈何,感到绝望失落,

---

① [英]勃朗特等.著.樱花正值最美时——英国维多利亚时代诗选(下卷)[M].飞白,编译.长沙:湖南文艺出版社,2015.P41.

所以,最后只能说"别了。别了!"但感情的事,不是说拆就拆、说散就散的,也不是只说一句分手就能够斩断情丝、各奔东西的。所以在第三小节,诗人在悲伤不已的同时,诉说自己寂寞的心,一直为恋人梦魂萦绕:"哪怕在遥远的轨道上运行,/也从未离开过自己的轨道,/暂离片刻,也会痛悔不已"。但如今,佳人已远离、爱火被浇熄,寂寞的心也唯有重回孤寂!

对佳人的爱是如此之深,以至诗人至今仍盼望其能回心转意。在第四小节,诗人借用古希腊月亮女神对恩底弥翁爱情的传说,期盼着自己心中女神的回归。"重回吧!带着难言的羞意,/正如月女神……/当她俯视恩底弥翁的睡梦时/闪过她胸口的羞涩的心悸。"诗句中,一方面透露出诗人期盼恋人回心转意的焦虑心境;另一方面也折射出无论恋人犯有多大的过错,也都能予以谅解的含义。可见诗人对她的爱情至深、意至切。

美好的心愿再一次被残酷的现实所击碎。月亮女神对爱人可以回心转意、真挚永久,但凡人之爱却一刀两断、虚幻无情。在第五小节,现实给予诗人的启示就是:"不论以前,/今天,今后,你都与孤独为伴。"破镜难重圆、覆水难回收,尽管梦魂萦绕、尽管伤心欲绝,但心爱的姑娘却再也回不到身边了。

由失恋的心绪弥散开来,诗人对心境孤独赋予了更广泛的内涵。正如飞白先生所解析的:"他随即转入了异化主题,把自己(失恋者)的孤独/孤立抽象化普遍化,推广于世间万物,并把万物全都纳入'不成双之物'的范畴,而最有趣的,也是最岂有此理的,是他居然把'幸运儿的爱情'也纳入其中!"①在第六小节,诗人把"春光融融"、"秋日漠漠"、"黑夜白昼"、"沧海云雾"、"生之悠悠"、"喜乐哀愁"等都看成是"不成双之物",他们也难以如愿、难于圆满,难免孤寂、难免落寞! 在第七小节,诗人甚至质疑"幸运儿的爱情"是否真的有? 即算真有,诗人也认为他们的幸运在于:"他们至少/梦见了两颗心融合的可能,/凭真诚,从无尽的孤独的煎熬/得到片刻解脱安谧";而他们真实的处境是:"还懵然不知自己的孤立,/尽管其实孤立并不亚于你"。结尾之处,有种自我解嘲、自我安慰的意味,更凸显出诗人孤独心绪的难于排解和超脱!

---

① 飞白. 诗人何以孤独——诗海游踪·之四[J]. 名作欣赏,2010(34).

## 二

对于《玛格丽特组诗》，飞白先生认为，"虽然阿诺德写的事件本来是失恋，诗却已不是简单的失恋诗，其主题上升到了哲理层次，超越失恋主题而变成典型的现代孤独主题了。"①诗人缘何孤独？此可谓仁者见仁，智者见智。循着飞白先生的思路，笔者认为阿诺德在此诗中体现的孤独至少有以下三层含义。

其一，诗人反映的是悲天悯人的孤独。在浩瀚的宇宙中，地球是孤立的、渺小的；即使在地球上，人类也是孤独的、落寞的。"尤其是西方现代诗人，由于失去了上帝，失去了精神家园，孤独感变得更为尖锐，他们深感人在茫茫宇宙中陷入了真正的孤立。"②阿诺德所处的时代，正是这样一个宗教坍塌、信仰迷失、精神无依的转型期。肇始于18世纪60年代的第一次工业革命，给英国社会带来了翻天覆地的变化。一方面，先进的生产力和生产方式迅速占据统治地位，使英国综合国力和殖民扩张急剧攀升，成为名副其实的"日不落帝国"。另一方面，自然科学的发展和生物进化学说的普及，使得作为西方信仰支柱的"上帝创世说"已难以说服民众，人们的精神世界处于空虚彷徨和孤立无助的时代。在这种情况下，人类向何处去？孤独如何排解？成为敏锐洞察时代潮流诗人扪心自问的话题，也是其在诗中精神焦虑的一种投射。

其二，诗人反映的是先知先觉的孤独。杰出的诗人由于其思想敏锐、才气超群和性格孤傲，经常会因其言行悖于世俗、超乎常理和不合人情而遭致嫉妒、怨恨、孤立。比如像伟大的诗人屈原那样，虽然他独自承担着社稷百姓的安危忧患和使命，但因其"举世皆浊我独清，众人皆醉我独醒"的孤傲，由此遭到楚国群臣的攻击和诬陷，最后在愤懑和绝望中投汨罗江自杀。再比如，像英国贵族诗人拜伦那样，他和他所创造的拜伦式英雄都是愤世嫉俗的孤傲斗士，"以不平而厌世，远离人群，宁与天地为侪偶"，成为尼采反叛上帝宣扬强力意志的先驱，但后来却遭到英国统治阶级对其叛逆者的疯狂报复和全面剿杀，以图毁灭这个胆敢在政治上与之为敌的诗

---

① 飞白.诗人何以孤独——诗海游踪·之四[J].名作欣赏,2010(34).
② 同上。

人。"木秀于林,风必摧之;堆出于岸,流必湍之;行高于人,众必非之!"作为先知先觉、离经叛道者的诗人,必定是孤傲不群且郁郁寡欢的。

其三,诗人反映的是内心处境的孤独。托物言志、借景寓情,历来是古今中外文人骚客抒发内心情感的一种惯用方法。对于像阿诺德这种赋予诗歌崇高道德使命的人来说,更是如此。正如飞白先生所说:"诗就其本身特性而言是一种内心独白,诗人与其说是在对公众说话,不如说是在对自己说话,只是被人'旁听'到了而已。"①内心情感的真诚流露,心中想法的真实表白,有的时候,诗是一种很好的载体。在这首诗中,作者借失恋的场景来发泄内心的孤独。那种失恋的窘困、那种消极的心境、那种孤独的心绪,在字里行间已经是跃然纸上、一览无余了。这也正是那个时候诗人阿诺德内心孤独处境的真实写照。欲求成为天马行空的诗人却不得不"为五斗米折腰",梦境中的女神玛格丽特却一再无缘错失,心灵深处的崇高和理想却被现实生活击得粉碎……这种孤独、郁闷的心境和状态,不自觉地在诗人的笔端,化作忧伤、哀婉的悲歌流露出来了。

## 第六节 悲怆彷徨,愤懑难解——读《夜莺》

阿诺德的诗歌作为维多利亚时期英国诗歌的杰出代表,其"作为一个病态社会的病态心灵的纪录,的确反映了维多利亚社会的心绪走向和发展主线"。② 悲怆、孤独和忧郁,是这位"孤寂诗人"诗歌创作的主旋律,也是这位"文化先知"悲天悯人思想的流露。1853 年阿诺德创作的《夜莺》(*Philomela*)一诗,可以说是其诗歌创作特点和意境表达的一个缩影。

一

在自然界中,夜莺以其擅唱的歌喉而著称。它的鸣叫高亢明亮,婉转动

---

① 飞白.诗人何以孤独——诗海游踪·之四[J].名作欣赏,2010(34).
② 钱青.英国 19 世纪文学史[M].北京:外语教学与研究出版社,2006.P181.

听,音域之宽广甚至连人类的歌唱家也自叹不如、羡慕不已。尽管夜莺在白天也鸣叫,但其主要是在夜间歌唱,这个特点显著区别于其他鸟类。无怪乎夜莺的英文名字叫"nightingale",其中"night"源自古英语"niht",意为"夜晚",而"gale"则源自"galan",意为"歌唱"。或许正因为夜莺的这些特点,西方文人赋予它更多的文化内涵和审美情趣。从古希腊时代的荷马,一直延续到现代的艾略特,很多文人雅士都对夜莺情有独钟,不惜浓墨重彩描写它的歌声。在英语诗歌中,甚至还出现了许多直接以它为标题的诗篇,比如约翰·弥尔顿的《致夜莺》、约翰·济慈的《夜莺颂》、罗伯特·布里吉斯的《夜莺》以及马修·阿诺德的这首《夜莺》。

1853年,阿诺德创作了《夜莺》一诗。值得关注的是,阿诺德这首诗的英文标题,并非"nightingale",而是"Philomela"。并且,与其他诗人对夜莺优美歌声进行赞美形成鲜明对比的是,阿诺德的这首《夜莺》,是借助古希腊的一个神话故事,来抒发自己内心的悲愤与哀伤,从而展现了独具匠心的风格和意境。全诗中英文对照如下:

| **Philomela** | 夜莺 |
|---|---|
| Matthew Arnold | 钱鸿嘉 译 |
| Hark! ah, the Nightingale! | 听呀!哦,夜莺! |
| The tawny-throated! | 颈前长黄毛的鸟儿! |
| Hark! from that moonlit cedar what a burst! | 听!从月色朦胧的雪松里, |
| What triumph! hark! – what pain! | 响起了多么婉转的歌声! |
| | 多么悠扬!听——又是多么哀伤! |
| | |
| O Wanderer from a Grecian shore, | 你是从希腊的海岸飘泊来的, |
| Still, after many years, in distant lands, | 可过了这么多年,在遥远的国土里, |
| Still nourishing in thy bewilder'd brain | 你迷茫的小脑袋中依旧怀着 |
| That wild, unquench'd, deep-sunken, old-world pain – | 往日无法扑灭的、无比深沉的哀痛—— |
| Say, will it never heal? | 唉,难道你的创伤永远无法消融? |
| And can this fragrant lawn | 难道这片芬芳的草地, |

| | |
|---|---|
| With its cool trees, and night, | 草地上凉爽的树丛,夜色, |
| And the sweet, tranquil Thames, | 还有风光旖旎、静静流着的泰晤士河, |
| And moonshine, and the dew, | 以及月光和露珠, |
| To thy rack'd heart and brain | 都不能为你那颗破碎的心 |
| Afford no balm? | 带来一丝儿慰藉? |
| | |
| Dost thou to-night behold, | 莫非你今夜在这里, |
| Here, through the moonlight on this English grass, | 透过这片英国草地上的月光, |
| The unfriendly palace in the Thracian wild? | 看到了色雷斯荒原上那座满怀敌意的宫殿? |
| Dost thou again peruse | 莫非你又一次 |
| With hot cheeks and sear'd eyes | 两颊发烧,欲哭无泪, |
| The too clear web, and thy dumb sister's shame? | 看到了那幅极其光洁的织物, |
| Dost thou once more assay | 和你那哑的姐姐蒙受的耻辱? |
| Thy flight, and feel come over thee, | 难道你企图再一次远走高飞,而且又一次感到在你身上, |
| Poor Fugitive, the feathery change | 可怜的逃亡者,忽然长满了羽毛, |
| Once more, and once more seem to make resound | 同时想再一次让自己嘹亮的歌声 |
| With love and hate, triumph and agony, | 怀着爱与恨,欢悦和哀痛, |
| Lone Daulis, and the high Cephissian vale? | 响彻幽寂的多利斯和塞费色斯高山深谷? |
| | |
| Listen, Eugenia - | 听呀,欧吉妮亚—— |
| How thick the bursts come crowding through the leaves! | 从树叶缝里泻下一阵阵的呜啭声 |

| | |
|---|---|
| | 多么激昂而深沉！ |
| Again-thou hearest? | 你还听到了什么？ |
| Eternal passion! | 永恒的激情！ |
| Eternal pain! | 永恒的悲痛！ |

阿诺德创作这首《夜莺》所依据的古希腊神话，名为《夜莺、燕子和戴胜鸟》。这个神话故事的传说版本较多，阿诺德在本诗中所依据的版本，在查尔斯·盖雷（Charles Mills Gayley）的《英美文学和艺术中的古典神话》（*Classic Myths in English Literature and in Art*）一书中曾有详细的描述。其故事情节大致如下：

色雷斯国王忒瑞俄斯（Tereus）在一次边界争端中为雅典国王潘狄翁（Pandion）作了调停人，作为感谢，潘狄翁将自己的大女儿普洛克涅（Procne）许配给忒瑞俄斯为妻，两人生下一子名叫伊提拉斯（Itylus）。

有一天，忒瑞俄斯听到普洛克涅的妹妹菲罗墨拉（Philomela）悦耳的嗓音，为之着迷，起了歹念。他就把妻子普洛克涅割去舌头囚禁起来，对外谎称王后病逝并向潘狄翁报告。潘狄翁向忒瑞俄斯表示慰问，并把二女儿菲罗墨拉许配给忒瑞俄斯以取代普洛克涅。忒瑞俄斯在迎娶的路上诱奸了菲罗墨拉。

伤心的普洛克涅得知这些消息后，为了让妹妹知道事情的真相，就在为菲罗墨拉准备新婚嫁衣时把自己的遭遇编织在布匹上，叫人带进宫里交给菲罗墨拉。得知这些悲惨遭遇后，悲愤的菲罗墨拉救出了可怜的姐姐。普洛克涅为了报仇，就将独子伊提拉斯杀死，让丈夫没有王位继承人。

忒瑞俄斯发现后，疯狂追杀逃出王宫的两姐妹。在逃避忒瑞俄斯追杀的途中，姐姐普洛克涅变成了燕子，因为没有舌头，总是尖声叫喊，绕圈飞行；妹妹菲罗墨拉则变成了夜莺，永不停歇地为无辜受害的伊提拉斯哀鸣；而卑鄙的忒瑞俄斯则变成了戴胜鸟，永远追赶着夜莺和燕子，成为它们的天敌。

通观全诗，我们看到阿诺德更多地关注夜莺背后所承载的忧伤传说，而非夜莺的自然属性。在第一诗节四行诗中，阿诺德就三次用了"听"这个词，引导读者去倾听夜莺的歌唱。但是在朦胧的月色和婆娑的树影中，夜莺的鸣叫除了"婉转""悠扬"之外，"又是多么哀伤"！显然，夜莺的鸣叫本身并不具备"哀伤"的因素，感到"哀伤"的只是那颗倾听的心灵。

接着，阿诺德以一句"你是从希腊的海岸飘泊来的"，透露出诗歌典故的文脉渊源，同时也展开了诗歌的抒情部分。对于熟悉古希腊神话的阿诺德来说，夜莺的鸣叫不仅仅是歌唱，还有对自身不幸遭遇的悲述，对人面兽心姐夫的控诉。即使相隔万里、时隔千秋，"往日无法扑灭的、无比深沉的哀痛"仍然盘亘在它心中。而阿诺德的每一次诘问，事实上都是以悲天悯人的情怀来感受夜莺的这种巨大的苦难："难道你的创伤永远无法消融？""难道这片芬芳的草地……""莫非你今夜在这里……""莫非你又一次……""难道你企图再一次远走高飞……"他从夜莺嘹亮的歌声中听出了"爱与恨，欢悦和哀痛"，听出了它对昔日耻辱的耿耿于怀，对成功复仇的欢悦，对冤杀小外甥的内疚。种种情感交织在它纤弱的内心，难以抒解，只能转化成一阵又一阵的歌声，令听者感心动耳，荡气回肠。

最后，阿诺德呼唤，"听呀，欧吉妮亚……"这里的"欧吉妮亚"，是阿诺德在诗歌中给爱人起的化名，就像在另一首诗歌《贺拉斯的回声》中，他也口口声声地述说着欧吉妮亚一般。实际上，"欧吉妮亚"是希腊少女常用的名字，阿诺德对她的偏爱，从一个侧面显现出他对古希腊文化的热爱。他呼唤"欧吉妮亚"，是要求爱人同他一起倾听夜莺的歌声，倾听那隐匿在"激昂而深沉"的歌声背后的"永恒的激情"和"永恒的悲痛"。何谓"激情"？"passion"源自拉丁语"passio"，即"受苦""忍受"，首字母大写的"Passion"更是专指"耶稣的受难和死亡"。夜莺歌声中的"永恒的激情"，乃是姐妹俩对苦难默默的隐忍，对复仇坚韧的等待，还有对公道、正义执着的追求。而"悲痛"，早已伴随着不幸深深扎根于她们的内心。一个人的暴虐和罪恶，戕害了四个人的生活与幸福。人与人之间的不和谐之音，又制造出多少新的悲剧、新的哀痛？阿诺德在《多佛海滩》中的彷徨心态，冥冥之中也在《再致玛格丽特》中的孤独心境中响起，只不过主题变成了哀伤，变成了一直萦怀的忧虑。①

---

① 转引自 http://goddy0223.wordpress.coM/2009/09/20/每周一诗%EF%BC%8823%EF%BC%89——《夜莺》。

## 二

　　《夜莺》一诗反映了阿诺德对诗歌创作一贯秉持的理念和主张。"诗歌即人生批评",是阿诺德对诗歌赋予的崇高道德使命。这个主张既贯穿于其文学批评理论的阐述中,也体现在他早期的诗歌创作实践中。阿诺德认为,诗歌与一般的文学作品不同,"它必须动人以魅力,给人以快乐。正如赫西俄德所说,缪斯之所以诞生,是她们可以使人'忘却丑恶,无忧无虑'。所以诗人只给人增长知识还不够,还必须为人类增添幸福。"[①]因此,诗歌创作的宗旨,仅限于文学的精准描绘还不够,还必须使人从中得到愉悦的享受。在这里,深悉古典的阿诺德承袭了古希腊罗马文学中"寓教于乐"功用的优良传统。被尊为"西方哲学和文艺理论奠基人之一"的柏拉图,在他的《理想国》中提出诗歌"不仅要给人带来愉快,而且对国家和人生都有用"的观点,强调了诗歌的社会功用。被誉为"西方科学之父或知识之父"的亚里士多德,在他的《诗学》中提出了"净化"说,认为诗歌尤其是悲剧诗的功用是"使人宣泄心中怜悯和恐惧的感情",从中获得"特殊的快感"和满足,使心情得以轻松、愉快,使心灵得到净化。被冠以"古罗马最伟大的诗人"之称的贺拉斯,则进一步提出了"寓教于乐"的观点,认为"诗人写诗的目的是给人以益处和乐趣,使读者觉得愉快,并且教人如何生活",强调诗歌要发挥娱乐和教化的双重作用。在充分吸收古希腊罗马先哲大师们睿智思想精髓的基础上,阿诺德对诗歌的功用与宗旨作了进一步的归结和扬弃。在他看来,诗歌不仅要有精准的描绘、深邃的思想,而且要给人以启迪、予人以希望,这才是构成诗歌愉悦宗旨的根本。

　　诗歌要给人以愉悦意境,并非说诗歌都要以喜剧为题材。这种愉悦,不在于表现形式的滑稽或喜剧效果,而在于高尚的思想内容和完美的故事情节;这种愉悦,是比纯粹因精准描绘和增长知识带给人的有趣体验,更高层次上的一种精神释放。美好的诗歌,不管是喜剧还是悲剧,都内在地蕴含着这样一种本质的东西。阿诺德说:"当人们看到一篇艺术著作中,在表现最悲惨的境遇时,欢乐的感情仍可继续存

---

[①] [英]马修·阿诺德.十九世纪英国文论选:诗歌题材的选择[M].吴苏敬,译.北京:人民文学出版社,1986.P182.

在,即使描绘最深重的灾难,最强烈的痛苦,都不足以破坏这种情感:情况越悲惨,欢乐越加深;而情况越恐怖,它也就越悲惨。"①这是优秀悲剧诗歌给人愉悦享受的特质反映。悲剧中的惨烈描绘并不会破坏诗歌的愉悦意境,关键在于这种悲悯和惨痛要有宣泄、要有缓解、要有出路,这是阿诺德提出的美好诗歌的创作要求和评价标准。任何文艺作品在某种意义上说都是由"结"和"解"两部分构成。"结"就是作者观察自然与社会,思考并提出问题的过程;而"解"则是作者对问题给出的解决方案。在"结"中,描绘得悲惨、恐怖并无大碍,关键是要有"解"。作者必须在提出问题的同时,设置某种解决问题的办法,要么是给人以努力的方向或希望,要么是采取竭力的反抗或行动,从而使"结"有所归依、有所寄托。相反,如果只有"结"而无"解",那么无论这个"结"描绘得多么精彩、有趣,多么精确、紧凑,它也必然含有"某种病态的东西"。在阿诺德看来,这个"解"的内容必须是积极的,它必须"有某种事件,希望或反抗"以缓解"心情的凄怆"和"精神的痛苦",而不是一种绝望、无奈、顺从或逃避。事实上,在处理"解"的过程中,诗人提出了某种解决问题的路径,表明他对世界和人生的基本态度及其价值取向。真正伟大诗人的"解"能够使读者开启心智,增加对生活的感悟,并在这种启迪、领悟和感化中使精神得到升华,由此获得更高层次的愉悦。

在《夜莺》一诗的创作和表达上,阿诺德上述关于诗歌道德使命及题材选择的理论得到了淋漓尽致的体现。首先,阿诺德以"夜莺哀鸣"这个千古传颂的古希腊神话作为创作题材,反映着人类内心深处永恒不变的基本情感,通过神话悲剧的演绎和表白,达到"情况越悲惨,欢乐越加深",而诗歌的意境也就越悠远的目的。这个"夜莺哀鸣"的悲剧色彩与中国古代"杜鹃啼血""梁祝化蝶"等传说有着异曲同工之妙。尽管三者的构思情节不同、反映主题相异,但都属于"人类感情永恒不变的部分",蕴含着"能最有力地打动人类伟大的根本感情"的行动,这既是优秀神话传说千百年来传颂不衰、历久弥坚的因素,也是各国文人骚客代代为之倾心折腰、不断深入发掘的缘故。其次,在"夜莺"这个神话悲剧中,尽管也蕴含着阿诺德一贯所坚持的斯多葛主义的人生态度,那就是在痛苦和命运面前采取孤独隐忍、默默承受

---

① [英]马修·阿诺德.十九世纪英国文论选:诗歌题材的选择[M].吴苏敬,译.北京:人民文学出版社,1986.P183.

的低落心态,但是,菲罗墨拉变成了夜莺,能够逃脱忒瑞俄斯的魔掌和追击,在某种意义上又是对于悲剧命运的抗争和排解,在"夜莺"激昂的鸣叫声中隐含着对"永恒悲痛"的释放和宣泄。这也正是阿诺德对于悲剧诗歌的要求。在 1853 年的《诗集》中,阿诺德把曾经是其第二本诗集题名诗的《埃特纳山上的恩培多克勒》从诗集中删除,理由就是该诗"悲痛的感情无法宣泄","精神的痛苦得不到缓解",因而在"诗意"上是有缺陷的,包含着某种"病态的"语调。与此相反,阿诺德却把《夜莺》等几首新诗收入到该诗集中。由此可以推断,阿诺德认为《夜莺》中有对"痛苦的宣泄和缓解",克服了《埃特纳山上的恩培多克勒》中的病态缺陷,因而构成了一首优秀悲剧诗歌的特质。再次,阿诺德在《夜莺》一诗中,秉承其倡导诗歌创作要选择优秀题材的原则。为此,他宁可选择古希腊的悲剧神话,也不逢迎当下的时尚和潮流。因为在他看来,如果行动不伟大、人物不高尚,就算以再时尚、新潮的素材创作的诗歌,也不过是昙花一现、过眼烟云,而没有长久的生命力。

## 三

  从文艺复兴时期开始,古希腊神话就在欧洲文坛引起了广泛的注意和浓厚的兴趣。各国文人雅士也纷纷以神话故事作为文学和诗歌的创作素材。仅以英国为例,莎士比亚曾以古希腊神话为题材创作了悲剧《特洛伊罗斯与克瑞西达》(*Troilus and Cresida*)和长诗《维纳斯与阿多尼斯》(*Venus and Adonis*)。弥尔顿创作的《科玛斯》(*Comus*)一诗,篇幅虽然不长,但却提到了三十多个古希腊神话的人物与故事。19 世纪英国浪漫主义诗人更是对绚丽多彩的古希腊神话赞不绝口、情有独钟。他们深受古希腊神话的浸染与熏陶,经常引用古希腊神话的典故,也喜欢运用神话素材来进行诗歌创作。雪莱的《阿波罗颂》(*Hymn of Apollo*)、《潘之歌》(*Hymn of Pan*),济慈的《致普绪喀》(*Ode to Psyche*)至今仍是脍炙人口的歌颂神话人物的美丽诗歌。然而,诗人引用神话典故,往往不仅是因为神话本身的瑰丽,更是借以寄托诗人的思想感情。他们往往借景抒情、取譬言志、抒发忧愤、针砭时弊。济慈的《恩底弥昂》(*Endymion*)以凡人恩底弥昂和月亮女神的恋爱故事为题材,表达他对至善至美的爱情与幸福的追求。雪莱的《阿多尼斯》(*Adonais*)借维纳斯的情人阿多尼斯被野猪残杀的神话,表达他对济慈的悼念。古希腊神话中所描述的古人不屈服于命运的顽强意志,以及神和英雄们以超人的力量与大自然进行不屈不挠的斗争,都激励着浪漫主义诗人,启发了他们的遐想;浪漫主义诗人的诗歌又赋予古老的神话以新的生命。拜伦、雪莱、朗费罗(H. W. Longfellow)等诗人都曾作诗讴歌为人类盗取火种的普罗米修斯。在拜伦的笔下,普罗米修斯确实凛凛有生气,成为反抗压迫坚忍不拔的意志和力量的化身。雪莱的诗剧《解放了的普罗米修斯》塑造了这位坚贞不屈的革命斗士的新形象,全剧情绪振奋、曲调昂扬、色彩鲜明,充分表现了诗人对革命的向往,富有强烈的时代气息。①

19世纪中叶以来,由于工业文明的不良后果日趋明显,社会矛盾日渐尖锐,人们痛感理想的崩溃、文明的堕落、信仰的瓦解和道德的失范,热切渴望新的美好而有意义的生活方式和精神文明。文学家更喜爱用意味深长的神话故事抒发内心苦闷和愤懑,对现实生活中的不合理现象进行抨击。正如理查德·蔡斯(Richard Chase)所说,"神话是肯定人们生活中文化和个人方面的种种危机——诞生、进入人生、理想的友谊、婚姻、对人或大自然的战事、死亡等——并使之富有意义的一种方式。神话通过唤醒对往昔、文化传统或英雄们超人力量的感情来赋予生活中的危机以意义。"②阿诺德所处的时代,正是英国处于"日不落帝国"巅峰的维多利亚时期。从社会大背景来看,17世纪英国资产阶级革命,使资产阶级和新贵族上升为统治阶级,为英国的殖民扩张和资本主义发展扫清了道路;18世纪中后期兴起的以蒸汽机的发明和应用为中心的工业革命,推动了英国社会由农业社会向工业社会的根本性转变。维多利亚时期的英国,正处于自由贸易资本主义发展的鼎盛时期。海外殖民扩张的巨大市场以及工业革命的技术进步使其迅速成为"世界工厂"和全球第一工业强国,而伦敦则一跃成为当时世界的国际金融和贸易中心。在工业经济和物质财富一派繁华景象的背后,阿诺德敏锐洞察到当时英国社会所蕴藏的深层次信仰危机。他以理智的目光和冷静的心态,看到在崇尚物质和功利的现代社会中,古代文明已毫无立锥之地,整个社会充斥着庸俗和市侩的气息。人们只顾为追逐现实的物质利益而奔忙,却对文化艺术修养漠然淡视。功利主义的盛

---

① 陶洁等选译.希腊罗马神话一百篇[M].北京:中国对外翻译出版公司 商务印书馆(香港)有限公司,1989. P xiii-xiv.

② 陶洁等选译.希腊罗马神话一百篇[M].北京:中国对外翻译出版公司 商务印书馆(香港)有限公司,1989. P xiv.

行和人文精神的失落,令阿诺德这种崇尚人文和道德的知识分子感到了信仰支柱的轰然坍塌。"正是怀着这样一种愤世嫉俗的心情和对传统文明的深深依恋,阿诺德以他低沉的歌声和忧郁的情调抒发出他心中的郁闷和悲哀,写出了刚跨入现代社会的人所经历的精神上的孤独和异化的倾向。"①

批评家马里奥·普拉兹(Mario Praz)在《浪漫的痛苦》(*Romantic Agony*)一书中指出,面对社会的转型和文明的失落,19世纪的诗人几乎都对痛苦有一种近乎病态的嗜好。阿诺德被人称作"维多利亚时代的孤寂诗人",他的诗歌似乎对痛苦更有一种执着的迷恋。阿诺德敏感地觉察到,伴随着当时英国社会转型的,不仅有人文精神的沉沦与传统道德的消解,还有宗教信仰的崩溃和人生价值的彷徨。为此,他抒发出诗人处在"徘徊于两个世界之间/一个已经死了/另一个尚无力诞生"②精神荒原状态下的苦闷,反映了在传统文明已轰然倒塌,而新的精神支柱尚未建立的转型社会中,一代信奉传统文化和价值观念的知识分子无所依归、孤独无助的心态,展现出他们作为现代人所感受到的无所适从、难以跨越的迷茫与困惑。在这首《夜莺》中,阿诺德虽然写的是古希腊的神话传说,实则也是借古代的悲剧来反映今人的心境,表达诗人心中难以抑制和排解的悲痛与忧伤。全诗文词清新透彻,情感内敛凝重,以有限的视域展现广阔的时空,显示出丰富的内涵和高雅的格调,秉承了阿诺德一贯的诗歌风格和隽永意境。

综上所述,马修·阿诺德借助古希腊神话创作了《夜莺》一诗,不仅反映了作者在诗歌的道德使命、愉悦宗旨、题材选择等方面所一贯秉持的独特理念和重要主张;而且以古喻今、取譬言志,抒发出诗人面对社会转型和文明失落困境时内心郁结的孤独彷徨和精神苦闷。

## 第七节 外表光鲜难掩内心质朴——读《诗的艰苦》等

在马修·阿诺德的诗歌中,用诗歌直抒胸臆,阐明自己的诗学理念和诗学观点

---

① 刘守兰.英美名诗解读[M].上海:上海外语教育出版社,2003.P480.
② 飞白.诗海游踪:中西诗比较讲稿[M].杭州:浙江工商大学出版社,2011.P310.

的作品并不多,但在《诗的艰苦》《诗的持久》和《诗人之戒》中,阿诺德却用历史典故、神话传说以及格言警句,直白表达了自己对诗歌修辞、内涵、宏旨及影响等方面的看法。

## 一、《诗的艰苦》解析

在《诗的艰苦》一诗中,阿诺德首先借助一个历史典故,阐述诗歌华美修辞与质朴内涵的关系。这个历史典故就是:13世纪的意大利诗人托第,才华横溢,成名在但丁之前。在其春风得意之时,有一天带着美貌的新婚妻子去看演出,结果因为台柱折断,看台砰然倒塌,托第的新婚妻子遇难。事故发生后,托第因悲伤绝望出家当了修道士。这本是一个毫不起眼的历史典故,但在阿诺德的笔下却幻化为对诗之艰苦的解读。

在诗歌的起首,阿诺德对托第的身份及典故的因由作了一个简单的铺垫:"意大利之子托第,在但丁之前,/就曾试着把神曲的号角吹响,/在春风得意之时他带着新娘/去看演出,同坐在节日的人群间。"随后,阿诺德运用其一贯的"写景寓情"的手法,描绘了美貌新娘的光彩夺目,"美貌的新娘,青春如星光一般/闪耀额上,再配上青春的表象:/服饰鲜艳,珠宝耀眼,心情欢畅"那是何等的赏心悦目,又是何等的完美无瑕!然而,正如俗话中所说"天有不测风云,人有旦夕祸福"。就在这时,柱子折断了,看台砰然倒坍!而可爱的新娘也躺在受难者群里,遭了横祸!当人们颤抖着脱去她的外衣,却发现她里面穿着麻袋布,紧贴着光润的肌肤。阿诺德为此发出感慨:"这就是诗人的新娘——缪斯!年轻活泼,外表华丽,光彩夺目;可是里面/隐藏的却是思想、艰苦和俭朴。"

古人说,悲愤出诗人。这句话对于阿诺德来说心有灵犀,颇有共鸣之处。苦闷和悲伤历来是诗人的创作动力。没有苦闷和悲伤,诗人就没有灵感,既不能感动自己,也不能感动读者,由此也肯定写不出好诗。正是因为苦闷和悲伤,诗人的诗歌才是真实感人的心灵情感之作,才能以意境和深切的悲情敲击读者心扉,产生强大的震撼力。诗人托第因新婚妻子在此次意外事故中遇难,从此消沉萎靡,出家当了修道士。但这个悲剧事件的本身,却给了阿诺德创作的灵感。阿诺德把诗人的新娘,幻化为三重含义:

其一,是诗人之本身。司马迁曾深为感慨地说:"古者富贵而名摩灭,不可胜记,唯倜傥非常之人称焉。盖文王拘而演《周易》,仲尼厄而作《春秋》;屈原放逐,乃赋《离骚》……诗三百篇,大抵贤圣发愤之所为作也。"的确,像伟大诗人屈原,如果他一直称心如意地做着官儿,恐怕是很难写出《离骚》这样动人的作品的。至于世界上一些著名的作家,像普希金、高尔基等,他们也大都是受到伤害忍受侮辱的人。

其二,是诗歌的创作。在外人看来,诗人都是非常高雅脱俗的,他要追求的意境,他所凝思的诗情,在旁人看来,绝对是高端大气上档次。所以,大家印象中的诗人,应当是外表光鲜、精神飘逸、超凡脱俗。可是有谁真正懂得,诗人在创作时内心充溢的苦楚、郁结的孤独和难忍的悲伤呢?为了准确表达诗情画意,谁又能理解诗人的冥思苦想、搜肠刮肚以及精神煎熬呢?

其三,是优秀的诗作。阿诺德认为,优秀的诗作不仅要有华丽的词藻、合适的表达,更要有质朴的思想和高尚的行动。卓越的行动才是诗歌题材选择永恒不变的对象,其他的表达和修饰都应服从和服务于这个行动。为此,优秀的诗作,即使其辞藻再华丽、语言再优美,也始终必须围绕其高尚而卓越的行动来展开。正如诗歌的最后一句所云:虽然外表华丽、光彩夺目,可是里面隐藏的却是思想、艰苦和俭朴。

## 二、《诗人之戒》与《诗的持久》

在《诗人之戒》中,阿诺德写道:"如果诗人作诗的时刻/并未感到创造的欢乐,/世界反过来也就同样/不会获得沉思的喜悦。"在这里,阿诺德直接用诗来阐明诗歌要给人愉悦的宗旨。

我们常说,诗由心生,情随意动。诗歌与诗人本来就是相互交融的混合体,两者不弃不离,形影相随,患难与共。诗人的感情风格,或欢快或抑郁,或浪漫或忧伤,总是与其个人的心路历程紧密相连,是对时代命题和现实环境的反映。阿诺德认为,诗歌创作的宗旨就是要给人愉悦。这种愉悦,不仅是要让读者感觉到诗歌的趣味盎然,而且还能够激励他们,使之高兴:诗歌必须动人以魅力,给人以快乐。正如赫西俄德所说,缪斯之所以诞生,是她们可以使人'忘却丑恶,无忧无虑'。所以诗人光给人增长知识还不够,还必须为人类增添幸福。这种愉悦,也不光是描绘一些喜剧效果,有时悲剧也能给人以智慧启迪、催人奋进的特殊快感。关键是这种悲剧的痛苦要能有所宣泄、有所缓解,心灵的疲惫要有所依归、有所寄托。

在《诗的持久》中,阿诺德写道:"纵使缪斯已经离去,/纵使她今天不想打动世界,/心灵牢记她的词句,/仍然弹奏着听到过的音乐。"在这里,阿诺德辩证诠释了诗歌永恒的魅力。有价值的艺术品,不一定为同时代的人们所认可,一定要历经时间的锤炼和岁月的雕琢。一些大的艺术家,生前穷困潦倒、不名一文,死后却身价倍涨、声名远扬。所以,阿诺德在此诗中强调,即使诗人已经仙逝,即使诗作不为世人所认可,但心灵依然要坚守那方神圣的圣土,铭记那些崇高的诗句,用生生不息、世代流传的音乐,承载着诗歌的使命。

# 第三章　马修·阿诺德的诗人评价

马修·阿诺德倡导"诗歌即人生批评"的诗学理念，不仅指导其用于相关诗歌的创作与赏析，而且影响到他对前辈诗人的评价与看法。阿诺德依据独到的诗学理念和评判标准，把乔叟称为"灿烂的英诗之父"，把莎士比亚尊为"高不可攀、至高无上"的诗神，把彭斯誉为"苏格兰诗学大家"，把华兹华斯评为"刻画生活的艺术大师"，把拜伦赞为"真诚与力量的代表"，把雪莱称为"华而不实的天使"，把爱默生誉为"希望和幸福的坚守者"等，列出了自己心中诗人的排行榜。

## 第一节　灿烂的英诗之父——对乔叟的评价

杰弗里·乔叟(Geoffrey Chaucer，1343—1400)，英国文学之父，被公认为中世纪最伟大的英国诗人，也是首位死后葬于威斯敏斯特教堂"诗人之角"的诗人。乔叟出生于一个酒商家庭，13～17岁时曾任英国莱昂内尔亲王夫妇的少年侍从。1359年随英王爱德华三世的部队远征法国，被法军俘虏，不久以黄金赎回。此后多次代表爱德华三世出使欧洲大陆，到过比利时、法国、意大利等国，有机会遇见薄伽丘与彼特拉克，这对他的文学创作产生了重要的影响。乔叟率先采用伦敦方言写作，并创作了"英雄双韵体"(Heroic Couplet)，对英国民族语言和文学的发展影响极大，故被誉为17世纪的约翰·德莱顿(John Dryden)"英国诗歌之父"。其代表作为：《坎特伯雷故事集》(*The Canterbury Tales*)；其他作品主要有：《公爵夫人之书》(*Book of the Duchess*)《声誉之宫》(*The House of Fame*)《百鸟议会》(*The Parliament of Fowles*)《贤妇传说》(*The Legend of Good Women*)以及《特洛伊罗斯与克丽西达》(*Troilus and Criseyde*)等。对于这样一位久负盛誉的伟大诗人，在英国近代文学批评巨匠马修·阿诺德的心目中，又享有什么样的地位呢？

1880年，由华德(T. H. Ward)主编的《英国诗人》(*The English Poets*，共五

册)在英国伦敦出版,阿诺德应邀为该书作了题为《论诗》的总序言,阐明了自己对于诗歌创作和评判的价值标准。在该文中,阿诺德旁征博引了许多诗学名家来为自己的观点提供佐证,同时也对这些名家进行了视角独特的评价。其中,他对乔叟就作了比较全面系统的评价。

## 一、阿诺德的诗歌创作与评判标准

在《论诗》中,阿诺德首先全面系统地阐述了他的诗学理念。深受西方古典主义思想的浸染和熏陶,阿诺德提出了"诗歌即人生批评"的著名观点。他认为,"诗歌从根本上讲就是对生活的批评;诗人的伟大就在于他有力而美妙地把思想运用到生活中去,也就是运用到'如何生活'这个问题中去"① 基于这种理念,他对诗歌赋予了崇高的使命,"人类逐渐地会发现我们必须求助于诗来为我们解释生活,安慰我们,支持我们。没有诗,我们的科学就要显得不完备;而今天我们大部分当作宗教或哲学看的东西,也将为诗所代替"。② 在这里,阿诺德还引用了华兹华斯的名言,把诗歌誉之为"一切知识的精神与精华"。

既然阿诺德把诗的使命看得这样崇高,也就得把诗的标准定得很高。因为"诗要完成这样崇高的使命,便必须是高度优异的诗",所以阿诺德强调,"我们必须习惯于很高的标准,和严格的批判"。③ 阿诺德强调,最好的诗的内容与题材,是由于其显著的真实与严肃而获得特征的;最好的诗的风格与表现方法,是体现在其字句,尤其是其行动上的。而且,诗歌的内容和形式之间是密切联系、不可分割的。"在最好的诗的题材与内容上的那种真实与严肃的优美特征,是和风格与表现方法上的那种词句与行动的优美特征分不开的。这两种优美是密切结合着的,并且彼此是坚持着成正比的"。④ 可见,阿诺德坚持诗歌的真实内容与表现形式要完美结

---

① [英]马修·阿诺德. 安诺德文学评论选集:"评荷马史诗的译本"及其他[M].殷葆瑺,译.北京:人民文学出版社,1958. P83.
② 同上。
③ 同上。
④ [英]马修·阿诺德. 安诺德文学评论选集:"评荷马史诗的译本"及其他[M].殷葆瑺,译.北京:人民文学出版社,1958. P93.

合、有机统一。

与此同时,阿诺德还指出,我们对于诗人和诗歌的评价,容易产生两种错误的倾向,一种是历史评价,另一种是个人评价。所谓历史评价就是"在研究一个诗人在发展过程中某一阶段的作品时,我们很容易把它估计得高于它的诗的真实价值;我们在批评它的时候,可能夸大其词地赞许它;一句话,我们可能估计过高"。① 所谓个人评价就是"我们个人的性情、爱好、环境有很大力量影响我们对这个或那个诗人作品的评价,使我们给予它的重要性超过了它的真的诗的价值,就因为它对我们个人来说,是很重要的或者曾经是很重要的。这时我们也对个人喜欢的目标估计过高了,而夸大其词地称赞它"。② 阿诺德强调,产生这两种错误倾向是很自然的,而且"我们处理古诗人时,历史的评价就特别容易影响我们的判断与评语;我们处理当代的或近代的诗人时,容易影响我们的,便是个人的评价"③。阿诺德强调,要实现从诗中获取欣赏优美、欣赏古典的最大益处,就必须克服上述两种错误倾向的种种诱惑,采取一种超然无执、客观公允的真实评价的态度。

## 二、阿诺德对乔叟诗歌的"真实评价"

阿诺德指出,法国古诗经过意大利诗节的中转,教会了乔叟运用词汇、音韵和节奏,使他的诗具有持久的吸引力。"他真是快乐与力量的源泉,而现在还在流泄着,将来也要流泄不息的。而且随着实践的前进,阅读他的人还会比现在更普遍。"④同时,阿诺德提出,乔叟的诗虽源自罗曼史(Romance),但却"青出于蓝而胜于蓝",他的诗比罗曼史具有更多的优越性。这些优越性,既体现在它的内容上,也

---

① [英]马修·阿诺德.安诺德文学评论选集:"评荷马史诗的译本"及其他[M].殷葆璨,译.北京:人民文学出版社,1958.P84-85.
② [英]马修·阿诺德.安诺德文学评论选集:"评荷马史诗的译本"及其他[M].殷葆璨,译.北京:人民文学出版社,1958.P85.
③ [英]马修·阿诺德.安诺德文学评论选集:"评荷马史诗的译本"及其他[M].殷葆璨,译.北京:人民文学出版社,1958.P88.
④ [英]马修·阿诺德.安诺德文学评论选集:"评荷马史诗的译本"及其他[M].殷葆璨,译.北京:人民文学出版社,1958.P95.

反映在它的风格上。在诗的内容上,主要表现为"对人生的一种广阔的、自由的、简单的、清晰的,然而又是敦厚的看法——这和古浪漫诗人对人生毫无清楚的看法不同。乔叟没有他们那种不知从何处下手的样子;他能够从一个中心,从一个真正人的观点来观察世界。""以生活的最高批判为任务的诗,由于它广阔地、自由地、健全地反映事物,才有内容的真实;而乔叟的诗是有内容的真实的。"①

在诗的风格上,"想到乔叟用字的特殊和谐和他的行动特殊流畅,我们对他的赞誉是难于抑制的。那简直是无敌的;他的继承者们对他的'金露一般的语言'所表示的敬慕,是完全合理的"。② 阿诺德还强调,"乔叟是我们灿烂的英诗之父;他所以是我们'纯洁的英语的源泉',就因为他在用字上的可爱的魅力,行文上的可爱的魅力,给英国造成了一个时代,树立了一个传统"。③ 而且乔叟这种和谐用词和流畅行文的风格,对其后的诗家影响广泛而深远。从斯宾塞、莎士比亚、弥尔顿,一直到济慈,这些诗学名家的诗里,依然可以追寻到乔叟词藻和谐与行文流畅的传统,其深刻影响的魅力是不可抗拒的。

阿诺德还指出,乔叟这种和谐与流畅的风格,全在于他能自由地、任意地处理当时的语言。而且这种流畅与自由相互关联、相得益彰。这不得不归功于他的语言天赋和天才构思。在这一点上,几乎无人能及。彭斯可以享受与他同样的自由,却无法比肩与之一样的流畅;莎士比亚或济慈等,虽知晓如何表达这种流畅,但却难以企及他的自由。所以,阿诺德对乔叟的诗给予了高度评价:"他的诗轻而易举地凌驾于天主教的欧洲浪漫诗之上,而使之相形见绌;他的诗凌驾于同时代的其他英国诗之上,而使之相形见绌;他的诗凌驾于以后直到伊丽莎白时代为止的一切英国诗之上,而使之相形见绌"。④ 阿诺德认为,能有这种震撼力和感染力,全在于乔叟的诗中真实内容与真实风格自然而密切地结合。

---

① [英]马修·阿诺德.安诺德文学评论选集:"评荷马史诗的译本"及其他[M].殷葆瑹,译.北京:人民文学出版社,1958.P96.
② 同上。
③ 同上。
④ [英]马修·阿诺德.安诺德文学评论选集:"评荷马史诗的译本"及其他[M].殷葆瑹,译.北京:人民文学出版社,1958.P98.

尽管如此,阿诺德认为,乔叟依然还称不上一位"伟大的古典作家"。原因在于,乔叟还缺乏伟大古典诗人的境界,也就是亚里士多德所倡导的诗歌"高尚而优美的严肃"。阿诺德强调,乔叟诗的内容,对事物的观点,对生活的批评是广阔的、自由的、敏锐的、敦厚的,但它"缺少伟大古典诗人的崇高的严肃,因而就缺少了他们所有的一种重要品质"。① 而缺少这点东西的诗是不能被列在最光荣的头等诗的行列里的。所以,依据这样一种标准,阿诺德给了乔叟一个"真实的评价"。那就是:虽然乔叟的诗广阔地、自由地、健全地展示了事物,具有内容的真实性,并且其诗词藻和谐、行文流畅,具有与内容相称的极精美的风格与表现方法,开创了"英诗之先河"。但乔叟缺乏崇高的严肃这一重要的诗歌品质,他依然称不上是一位"伟大的古典诗人"。

## 三、如何理解阿诺德对乔叟的这一评价

诚然,乔叟在英国文学史上的地位和影响毋庸置疑,但阿诺德根据自己的诗学理念和评判标准,给出了视角独特、自成一家的评价。应该说,阿诺德对乔叟的评价还是相当高的,无论从诗歌的内容真实、辞藻和谐、行文流畅,还是从其用词自由、音韵优美、节奏有力等方面,乔叟都堪称完美的典范,这一点甚至连阿诺德推崇备至的莎士比亚或弥尔顿等大师都无出其右。可见,阿诺德看到了乔叟的长处和优势,也充分肯定了他的诗学造诣和成就。

与此同时,也正如阿诺德自己所强调的,评价一个诗人要超脱历史评价和个人评价的局限,必须坚持超然无执、客观公允的真实评价态度。所以,在充分肯定乔叟成就的同时,阿诺德也指出了他的致命缺陷,这就是乔叟还"缺乏伟大古典诗人的境界",他的诗缺少"高尚而优美的严肃"。而这是衡量一个诗人或诗作是否能称雄"头等诗"的重要尺度。为此,阿诺德坚持,乔叟依然还称不上一位"伟大的古典作家"。

通过阿诺德按照自己标准对乔叟的"真实评价",我们貌似觉得阿诺德有些吹

---

① [英]马修·阿诺德.安诺德文学评论选集:"评荷马史诗的译本"及其他[M].殷葆瑹,译.北京:人民文学出版社,1958.P99.

毛求疵、苛责于人。但这正是阿诺德一生孜孜以求的诗学理念和评判准则。"诗歌即人生批评",这是阿诺德赋予诗歌的崇高使命。诗歌的意境必须崇高而严肃,必须高扬真、善、美的价值取向,这也是阿诺德文学批评中所一贯坚守和践行的。姑且不论这些观点的时过境迁、是非对错,但至少阿诺德给世人以自圆其说、客观公允的理念启示。

## 第二节 高山仰止,景行行止——对莎士比亚的评价

今天,莎士比亚无疑是英国在世界上最具代表性的文化符号。他已成为英国的一面旗帜,在全世界拥有广泛认知度。维多利亚时期,英国成为世界上最强盛的"日不落帝国",经济地位的崛起同样需要文化符号的映照。莎士比亚就作为英国文化的杰出代表受到顶礼膜拜。卡莱尔在《论历史上的英雄、英雄崇拜和英雄业绩》(*On Heroes, Hero-Worship, and the Heroic in History*,1840)中确立了莎士比亚"诗人英雄"的地位。同时,文化主将阿诺德也在题为《莎士比亚》的诗作中,将莎士比亚比作"最高的山峰";在《文化与无政府状态》(*Culture And Anarchy*)中,阿诺德赞誉"莎士比亚和维吉尔是美好与光明之典范,代表着人性中最富有人情的一切"。[①] 可见,在阿诺德的心目中,莎士比亚是其最为尊崇的"诗神"。莎士比亚作品中对人性的关照、对众生百相的深刻理解具有宗教意义上的救赎功能。

### 一、阿诺德对莎士比亚的礼赞

**Shakespeare**            莎士比亚

Matthew Arnold          飞白 译

Others abide our question. Thou art free.   别人都受我们质疑。你却无忧无虑。

---

① [英]马修·阿诺德. 文化与无政府状态——政治与社会批评[M]. 韩敏中,译. 北京:生活·读书·新知三联书店,2008. P21.

| | |
|---|---|
| We ask and ask: Thou smilest and art still, | 我们问了又问——你微笑而无言, |
| Out-topping knowledge. For the loftiest hill, | 耸立在知识之巅。最高的山峦 |
| That to the stars uncrowns his majesty, | 向星空展示着他的雄伟壮丽, |
| Planting his steadfast footsteps in the sea, | 把脚跟扎在海底坚定不移, |
| Making the heaven of heavens his dwelling-place, | 而把九重天作为他的家园, |
| Spares but the cloudy border of his base | 只留下云雾笼罩的山麓的边缘 |
| To the foil'd searching of mortality: | 让凡人去徒劳地探索不已; |
| And thou, who didst the stars and sunbeams know, | 而你,你熟悉群星,你了解阳光, |
| Self-school'd, self-scann'd, self-honour'd, self-secure, | 你自修,自审,自信,自己建树光荣, |
| Didst walk on earth unguess'd at. Better so! | 你在世间无人识,这又何妨? |
| All pains the immortal spirit must endure, | 一切不朽者必须忍受的苦痛, |
| All weakness that impairs, all griefs that bow, | 一切折磨人的弱点和辛酸, |
| Find their sole voice in that victorious brow. | 在你轩昂的眉宇间找到了无双的表现。 |

　　对于这首给莎士比亚的礼赞,可谓倾注了阿诺德最深情、最诚挚的赞美和评价。作者从诗的起首,就掩饰不住对这位大师的褒奖:其他人都或多或少受到了后人的质疑和挑剔,唯独你,却在云天之外任意逍遥、无忧无虑!我们一遍又一遍地诘问,而你却始终屹立在知识之巅,微笑而无语。这是一种何等淡定自信的表情,又是何等"唯我独尊"的王者气概!接着,作者采用比喻的修辞,将对莎士比亚的赞誉推向高潮:伟大的莎翁啊!您就像世界之巅珠穆朗玛峰一样,以九重云天作为自己的家园,向灿烂星空展示自己的雄伟壮丽,把脚跟稳扎在深海坚定不移。而在人世间,您只需稍微在云遮雾罩的山麓露点边缘,就足够让尘世的凡夫俗子去日夜苦读、探索不已。伟大的莎翁啊!您的智慧与日月同辉,与星辰相耀;您的品行自修加自省,自荣又自尊!可是这样一个睿智绝伦、超凡脱俗的圣贤,为什么在人世间却无人能识、知音难觅呢?正所谓:"不经一番寒彻骨,怎得梅花扑鼻香"。原来在

你轩昂的眉宇间,一切不朽者必须忍受的苦痛,一切折磨人的弱点和辛酸,早就司空见惯了!所以,当您历经千山万壑、沧海桑田之后,小小的坎坷和曲折便不在话下了。

## 二、缘何莎士比亚会有此殊荣[①]

从这首诗中可以看出,阿诺德对莎士比亚的赞誉可谓是登峰造极、无以复加了。为何在维多利亚时期,莎士比亚会获得如此高的殊荣呢?王守仁、林懿在《莎士比亚何以成为英国最具代表性文化符号——兼议我国代表性文化符号问题》一文中剖析了个中缘由。

莎士比亚文化地位的崛起经历了一个漫长的过程,有多种因素对这一过程产生影响。莎士比亚生逢伊丽莎白一世(Elizabeth I, 1533—1603)统治时期,此时英国国力迅速上升。1588年英国击溃西班牙无敌舰队后成为海洋霸主,开始形成一个世界性的殖民帝国。英国文学顺时而勃兴,涌现出众多才华横溢的诗人、剧作家,莎士比亚正是这批诗人的代表。

莎士比亚辞世不久,他作为一名民族诗人所取得的成就便得到了同时代人的充分肯定。本·琼生(Ben Jonson)在诗作《题威廉·莎士比亚先生的遗著,纪念吾敬爱的作者》(1618)将莎士比亚誉为"时代的灵魂",同时他的作品能够超越时代,具有永恒的魅力:"他不属于一个时代,而属于所有的世纪!"琼生还指出,天生的诗才是成就伟大诗人的重要因素:"大诗人靠后天练成,也靠先天奇才。"

17世纪下半叶至18世纪,许多著名诗人和批评家为本土作家莎士比亚的诗名辩护,将莎士比亚视为民族的骄傲。德莱顿(John Dryden)在《论戏剧诗》(*Essays on Dramatic Poetry*, 1668)中称赞莎士比亚能够轻巧地刻画出自然万象而不露斧凿痕迹,并强调莎士比亚具有天赋的学识,"能直观宇宙万物,无需博览群书以知自然。"德莱顿从本土文化的立场,发展了自琼生以来莎士比亚的"天才说",并强调了莎士比亚描摹人物心理的高超本领,赞扬他"有一颗普世之心,能够了解

---

[①] 本节相关内容参考王守仁 林懿.莎士比亚何以成为英国最具代表性文化符号——兼议我国代表性文化符号问题[J].外语研究,2014(3).

一切人物和激情"。

新古典主义诗人蒲柏在《莎士比亚全集序》(1725)中特别肯定了莎士比亚的独创性,并为莎士比亚对人性的全面描写而惊叹:"莎士比亚对诸如欢愉与愤怒这样截然相反的情绪,能掌控得同样成功;他对描写人性的伟大和可笑同样在行。"莎士比亚的独创性还获得爱德华·杨格(Edward Young)的盛赞。在《试论独创性作品》(Conjectures on Original Composition, 1759)中,杨格以"今定胜古"的自信,呼唤具有独创性的现代作家。他称莎士比亚是"现代人当中的巨星",完全可与古人平起平坐。

18世纪英国文坛巨擘塞缪尔·约翰逊为确立莎士比亚经典作家的地位奠定了基础,曾花费九年心血编订八卷本《莎士比亚戏剧集》,在莎士比亚经典化历史进程中起到至关重要作用。约翰逊认为文学价值的检验需要一个世纪的时间,莎士比亚去世已有150多年,可以盖棺定论,"开始享有古人的尊严"。约翰逊从普遍人性角度出发,充分肯定莎士比亚,认为莎士比亚观察人类"非常精辟透彻,非常细心注意",他描写的人物"不受特殊地区的、世界上别处没有的风俗习惯的限制",是"共同人性的真正儿女"。

18世纪末19世纪初,英国浪漫主义运动兴起。浪漫派强调作品的匠心与创造,认为诗人的心灵是诗的源泉,诗歌是诗人天才的见证。对渴望自由思想、颂扬自由想象的浪漫派而言,莎士比亚信手拈来的写作天分和奇丽的想象力,与新时代的审美观念正好吻合。浪漫主义时期对莎士比亚的评论是几乎众口一词的盛赞,如哈兹里特盛赞莎士比亚的"天才之光普照善与恶、聪明与愚笨、君主与乞丐"。

如果说莎士比亚的地位在浪漫主义时期开始向神坛靠近,19世纪英国维多利亚女王统治时期则见证了莎士比亚造神运动的巅峰。维多利亚时代,英国成为世界上最大的工业国,殖民扩张又使其成为"日不落帝国",英国进入最强盛时期。此时人们对国家所取得的成就感到骄傲,莎士比亚作为英国文化的杰出代表受到顶礼膜拜。卡莱尔在《论历史上的英雄、英雄崇拜和英雄业绩》中确立了莎士比亚"诗人英雄"的地位,认为他比但丁还要伟大。除卡莱尔外,维多利亚时代文化主将马修·阿诺德对莎士比亚也推崇有加。在题为《莎士比亚》的诗作中,阿诺德将莎士比亚比作"最高的山峰",高不可攀。对阿诺德而言,莎士比亚作品中对人性的关照、对众生百相的深刻理解具有宗教意义上的救赎功能。维多利亚时代莎士比亚的文化地位达到顶峰,恰逢大英帝国最强盛的时期,并非巧合,这与莎士比亚契合了国家发展、帝国扩张、社会变革所产生的多方面需求是分不开的。

### 三、阿诺德对莎士比亚的"客观评价"

尽管阿诺德对莎士比亚的赞誉和评价达到了无以复加的境地,但按照其"超然无执、客观公允"的评价标准,阿诺德对莎士比亚存在的缺陷还是作了比较理性、公正的剖析。

其一,无韵体的应用比弥尔顿稍逊一筹。阿诺德在《评荷马史诗的译本》一文中讲到,虽然"莎士比亚无疑地是英国文学中最有天才的人",但在无韵体的应用方面,"却不能与弥尔顿分庭抗礼"。"无论在他哪一出悲剧里,都有些个别段落,是最坏的文体,造作的文体;崇高的文体,有时可能生硬、隐晦、笨拙、拖累,但决不造作。"[①]阿诺德强调,莎士比亚的表达自由而奔放,"因为他的思想是奔腾澎湃的;我们在阅读时,也就被他的思想急流冲过了那些阻碍;但如果我们的心情不像读莎士比亚作品时那样激动……这样太自由的文字,就会阻止我们的思路。"[②]正所谓"尺有所短,寸有所长",虽然莎士比亚对各种文体和表达方式都极有天赋,可谓是恣意汪洋、挥洒自如,但在应用崇高而严肃的无韵体方面,却要比弥尔顿稍逊一筹。

其二,过分华丽的辞藻有时"画蛇添足"。阿诺德在《诗与主题》一文中讲到,莎士比亚,可能是所有诗人中最伟大的名字,但他的作品,对于读诗的人而言,是最好最有益的影响;而对于作诗的人来讲,却不见得是一件好事。他强调,莎士比亚选用了最好的题材,知晓构成诗的行动是什么,懂得如何来恰当地应用。但是,"他又加上了他个人的特征:那就是他那种幸运的、富丽的、巧妙的表现;而这种表现是非常显著的、无敌的,以至于它成为莎士比亚的首先引人注意的一点,它使莎士比亚

---

① [英]马修·阿诺德.安诺德文学评论选集:"评荷马史诗的译本"及其他[M].殷葆瑹,译.北京:人民文学出版社,1958.P53.

② [英]马修·阿诺德.安诺德文学评论选集:"评荷马史诗的译本"及其他[M].殷葆瑹,译.北京:人民文学出版社,1958.P63.

这一诗人的其他优点都被掩盖下去了。讨厌就在这里。"①这种表现方式的喧宾夺主、哗众取宠,实际上是损害了诗歌的主题。阿诺德还强调,一个伟大艺术家的主要精力是用在刻画对象上,而应把表现行动的语言,放在次要的地位。表达的语言要服从于行动,而不能主次颠倒。而莎士比亚恰由于其具有表现的天才,使得"他的表现力常常领错了他的路径,有时甚至使其堕落到为表现的新奇,为幻想的丰富而沾沾自喜"②的程度。确实,在莎士比亚几个最伟大的悲剧如《李尔王》等的主要场景中,会发现他的语言是矫揉造作、诘屈聱牙的,而且非常晦涩难懂,每句话都要读过两三遍以后,才能为我们所了解。莎士比亚这种"不能适当地限制题材,不能认真地丢弃繁冗的词句,从作品的开始直到终结不能简明有力地表达题材"。③ 在阿诺德看来这是莎翁一个致命的缺陷,也是后辈诗家当引以借鉴,且不应效仿的。

## 第三节 苏格兰诗学大家——对彭斯的评价

罗伯特·彭斯(Robert Burns,1759—1796),苏格兰农民诗人,在英国文学史上占有特殊重要的地位。彭斯复活并丰富了苏格兰民歌,他的诗歌富有音乐性,可以歌唱。彭斯生于苏格兰民族面临被异族征服的时代,因此他的诗歌充满了激进的民主、自由的思想。诗人生活在农村,仅仅受过两年半的正规教育,他一生中近一半的时间是个贫穷的农民,因此他与贫苦的农民血肉相连,他的诗歌歌颂了故国家乡的秀美,抒写了劳动者纯朴的友谊和爱情。他最优秀的诗歌作品创作于1785—1790年,收集在诗集《主要用苏格兰方言写的诗集》(*Poems Chiefly in Scottish Dialect*)中。这本诗集一出版就大受读者欢迎,令彭斯改变了前往牙买加谋生的计划。诗集中彭斯没有采用当时英国诗坛盛行的新古典主义诗风,而是从

---

① [英]马修·阿诺德.安诺德文学评论选集:"评荷马史诗的译本"及其他[M].殷葆瑮,译.北京:人民文学出版社,1958.P123.

② [英]马修·阿诺德.安诺德文学评论选集:"评荷马史诗的译本"及其他[M].殷葆瑮,译.北京:人民文学出版社,1958.P125.

③ 同上。

地方生活和民间文学中汲取营养,为诗歌创作带来了新鲜的活力,形成了他诗歌创作的基本特色。彭斯以虔诚的感情歌颂大自然及乡村生活,以入木三分的犀利言辞讽刺教会及日常生活中人们的虚伪。

马修·阿诺德在《论诗》一文中,根据自己的评判标准,也对彭斯作了视角独特的评价。阿诺德认为,彭斯身为苏格兰农民,他所熟悉的是用苏格兰语来表达,要让他使用英语来创作,实在是勉为其难。对于这一点,彭斯自己也坦诚相告,"这些英国诗真累人。我掌握的英语不及本国语言好。说实话,我想我一用英语,思想就异常枯窘,不如用苏格兰语时那样鲜活。"① 所以,阿诺德指出,欣赏彭斯的诗,不是他用英语写就的诗,那些诗对于我们没有什么重要性;而应欣赏其用苏格兰语创作的诗歌,只有在这些诗歌里才能找到真正的彭斯。

彭斯的诗,通常喜欢描述苏格兰人的豪饮、宗教及其生活习俗。这是他的鲜明特色,但同时也潜藏着两个隐患。一方面,这些偏爱对于习惯于苏格兰生活方式的人而言,"大都容易取得苏格兰人的个人评价的";另一方面,彭斯所描述的苏格兰豪饮、宗教及其生活习惯的世界,"大部分是一个不和谐的、龌龊的、令人讨厌的世界;就是他的《坎特的星期六之夜》也不是美丽的世界"。② 这对诗歌要求"优美而崇高"的阿诺德来说,这种诗的品质无疑是要大打折扣的。

有许多彭斯的"粉丝"反驳说,彭斯的诗虽然描写了豪饮,但从中可以找到彭斯的欢快、真挚与可爱。对此阿诺德认为,彭斯的诗歌不尽如人意,不在于它是饮酒诗,而在于"它缺少一般饮酒诗所常有的那种真诚的特色。在彭斯诗里有一点故作豪放的样子,人们觉得诗人在这里并没有用自己的真实口吻讲话",③ 所以诗中掺杂着一种虚假的成分。阿诺德强调,"最高的诗的成功,不只要求把观念有力地应用到生活上,而且这种应用还要符合诗的真与美的规律所规定的条件"。④ 这些规

---

① [英]马修·阿诺德.安诺德文学评论选集:"评荷马史诗的译本"及其他[M].殷葆瑮,译.北京:人民文学出版社,1958.P105.

② [英]马修·阿诺德.安诺德文学评论选集:"评荷马史诗的译本"及其他[M].殷葆瑮,译.北京:人民文学出版社,1958.P106.

③ [英]马修·阿诺德.安诺德文学评论选集:"评荷马史诗的译本"及其他[M].殷葆瑮,译.北京:人民文学出版社,1958.P107.

④ [英]马修·阿诺德.安诺德文学评论选集:"评荷马史诗的译本"及其他[M].殷葆瑮,译.北京:人民文学出版社,1958.P110.

律,就是崇高的严肃——是从绝对真诚出发的崇高的严肃。而彭斯的诗中就缺乏这种"真正从灵魂深处发出的声音"。为此,阿诺德指出,虽然彭斯的作品确有内容与表现方法的真实性,但他与乔叟一样,"没有伟大的古典作家那种崇高的严肃,因而他的作品便缺少和这种崇高的严肃同在的内容与表现方法的力量"。①

在阿诺德看来,虽然彭斯与乔叟一样,"对于以前的生活和世界的看法,是广阔的、自由的、敏锐的、温和的——所以是真的诗的品质;而他对眼前事物的表现方法,也能得心应手",②但两人的风格还是各有千秋、各有特色。"乔叟的那种自由,被彭斯的激烈而粗放的活力给提高了;乔叟的那种温和,被彭斯对事物十分悲壮的感觉——对人性的悲感,对自然的悲感——给加强了。"③而且彭斯的表现手法,也不是乔叟的那种流畅,而是一种跳跃的、十分迅速的方式。"乔叟的世界比彭斯的更美丽、更丰富、更富有意义",但彭斯的广阔与自由,使其诗更加博大、真实和有力,这一点也许"就只有莎士比亚和阿里斯托芬可以与之媲美了"。④

阿诺德还强调,彭斯的诗表现得那样磊落大方,而且"在机敏之外又显出非常狡黠,宽厚之中又显出十分悲愤,而风格是无暇的,诗的总印象是完整的",所以,虽然他因为缺乏"崇高的严肃"而评不上"古典作家",但因其诗非常真实的内容和配合很好的真实风格,他给我们的诗是"完全健康"的。

## 第四节 刻画生活的艺术大师——对华兹华斯的评价

1879 年,阿诺德在其主编的《华兹华斯诗歌选》的序言中,全面系统地作出了他对华兹华斯的评价,由此也阐释了他对诗歌和诗人的评判标准。1888 年,该《序

---

① [英]马修·阿诺德. 安诺德文学评论选集:"评荷马史诗的译本"及其他[M]. 殷葆瑹,译. 北京:人民文学出版社,1958. P110.
② [英]马修·阿诺德. 安诺德文学评论选集:"评荷马史诗的译本"及其他[M]. 殷葆瑹,译. 北京:人民文学出版社,1958. P111.
③ 同上.
④ [英]马修·阿诺德. 安诺德文学评论选集:"评荷马史诗的译本"及其他[M]. 殷葆瑹,译. 北京:人民文学出版社,1958. P111-112.

言》再次收录在阿诺德《评论集》的下册中。

## 一、把思想崇高而深刻地运用到生活中

在《序言》的一开始,阿诺德就表明,在华兹华斯逝世近 30 年之际,其声望正处于一种尴尬的境地:伴随着浪漫主义运动的潮退,华兹华斯的影响和声望日渐式微,且不说他的读者群逐渐被其他诗人所吸引,甚至他的诗都"不曾卖出够他买双鞋带的钱"。① 然而,正是在这样一种艰难的时刻,阿诺德编辑出版了《华兹华斯诗歌选》,并大声疾呼"华兹华斯直到今天还不曾得到他应有的奖赏"。② 他以"诗歌即人生批评"的独特理念,为华兹华斯的评价提出了独到的见解。

阿诺德指出,华兹华斯是过去两三个世纪以来继莎士比亚、莫里哀、弥尔顿、歌德之后的又一位伟大诗人;在英国诗人中,华兹华斯的地位仅次于莎士比亚和弥尔顿。阿诺德对华兹华斯作出这种高度评价,是与其人生批评的评判标准密不可分的。他认为,"把思想崇高而深刻地运用到生活中是体现诗歌伟大的最根本部分","一位伟大诗人的独特优越性,就在于他在诗歌的真与美的法则所严格规定的条件下,将他自己获得的'关于人、自然和人生'的看法运用到任何主题中去。而这种应用就是其之所以成为卓越诗人的显著特征"。阿诺德指出,华兹华斯的诗之所以卓越,就在于其最好的诗作里,能把"关于人、自然和人生"的想法,有力地运用到其所要表述的主题中去。阿诺德认为,与彭斯、济慈、海涅等诗人相比,华兹华斯也许没有他们的幽默、激情和妙语连珠,但是他理解人生与世界,他的诗更多的是关于人、自然和人生的作品,他留下了一大批在思想深度、创作意境、文体质量上都能使其永葆清新的深刻描绘生活的上乘佳作。他细致地观察生活,在诗中有力地描写生活、表现生活,他是一位生动刻画生活的艺术大师。所以,阿诺德提出:"华兹华斯的诗,除举世所公认的莎士比亚与弥尔顿伟大的作品以外,是我国自伊丽莎白时代

---

① [英]马修·阿诺德.安诺德文学评论选集:"评荷马史诗的译本"及其他[M].殷葆琛,译.北京:人民文学出版社,1958.P130.

② [英]马修·阿诺德.安诺德文学评论选集:"评荷马史诗的译本"及其他[M].殷葆琛,译.北京:人民文学出版社,1958.P132.

到今天为止的语言里最重要的作品。""华兹华斯所留下的作品,无论就力量、情趣,或是就清新感觉的品质而言,都是优于其他任何诗人留下的作品的。"①

## 二、师法自然、质朴无华的创作风格

华兹华斯作为伟大的诗人,除了能将崇高而深刻的思想运用到生活中以外,还有其师法自然、质朴无华的创作风格。

其一,华兹华斯具有伟大诗人敏锐的感悟力和精湛的表达力。他能够深切地感受到大自然带给人的快乐,感受到友爱与责任带给人的快乐,并将其诉诸笔端,将这份快乐无私而畅快地传递给读者。"他这样吸取到的快乐是人生快乐中最真实最可靠的根源,是每个人都可以感触到的根源。所以华兹华斯带给人们的,正像其诗中所说的那样:是关于'普通老百姓人人都享有的欢悦'"。② 因而,阿诺德认为华兹华斯的诗虽然并非首首都是至宝,但却能让人体味大自然和友爱与责任所赋予的快乐。此外,缪斯的灵感对于华兹华斯的创作具有特别重要的作用。"一旦灵感来了,大概哪一个诗人也没有他那样生龙活虎般的力量;而等灵感不在时,也没有哪个诗人像他那样'软弱得像破碎的浪花一般'"。③ 华兹华斯的许多佳作都恰似灵感突涌,就像大自然本身为他提供了完美素材并助其一气呵成、妙语成章。"这好像大自然不仅给了他诗的内容,而且还替他把诗也写好了。"④ 在这些融入了深刻哲理思考和清纯自然风格的诗歌佳作中,读者不仅能尽情陶醉在大自然的芬芳中,而且还能在诗人的引导下于平凡中见不凡,认真地思考人生、思考生活。

其二,华兹华斯的写作风格对主题的表达也功不可没。阿诺德认为,华兹华斯

---

① [英]马修·阿诺德.安诺德文学评论选集:"评荷马史诗的译本"及其他[M].殷葆瑹,译.北京:人民文学出版社,1958.P135.

② [英]马修·阿诺德.安诺德文学评论选集:"评荷马史诗的译本"及其他[M].殷葆瑹,译.北京:人民文学出版社,1958.P146.

③ [英]马修·阿诺德.安诺德文学评论选集:"评荷马史诗的译本"及其他[M].殷葆瑹,译.北京:人民文学出版社,1958.P146-147.

④ [英]马修·阿诺德.安诺德文学评论选集:"评荷马史诗的译本"及其他[M].殷葆瑹,译.北京:人民文学出版社,1958.P147.

虽得益于彭斯的简朴风格,却有着自己超群绝伦的特色,是"一个有风格天才的人懂得如何用微妙的波澜与光彩来装饰自己的诗"。① 尽管华兹华斯对许多大诗人的诗风烂熟于心,他完全有条件师法和借鉴这些诗人的表现手法,但他却没有这样做。他更乐于用一种最简单、最直接、最质朴的自然风格来表达主题。其表达常常被认为是无装饰的、赤裸裸的。但恰如高山的峰顶是光秃秃的一样,阿诺德认为这种质朴和赤裸使得作品更充满了宏伟之感。"没有什么诗的风格的润色或加工,但这却是最高的表现,最具表现力的表现"。② 因此,在《华兹华斯诗歌选》中,阿诺德没有选入华兹华斯篇幅较长的哲理诗,而是选择了最能展示华兹华斯独特魅力的简朴、自然的诗歌。阿诺德看重的正是华兹华斯处理主题时的无比真诚以及主题本身的自然本性。"大自然仿佛从他手里接过笔去,用它自己的赤裸的、纯净的、洞察的力量,替他写诗。这里有两个原因:一方面是由于华兹华斯对他的题材有深刻而真诚的感觉;另一方面是由于他的题材本身有十分真诚与自然的特质。他对于这种题材只能用,因而也就实际用了一种十分简单、直接,以及几乎严峻的自然手法来处理。他的这种直接、赤裸的表现手法……恰似赤裸的山巅那样,是在赤裸中蕴藏着雄伟的。"③华兹华斯能够超越个体的局限,看透人类的普通生活,提炼生活的精华。无疑,阿诺德将评价的重点放在华兹华斯诗歌的道德诠释力量上,他那朴实无华的诗歌创造出高远的意境,精辟深刻的寓意令读者思索人生的意义、生活的内涵。由此,诗歌是人生的批评这一标准决定了华兹华斯在阿诺德的诗人排行榜中的重要位置。

其三,主题的深刻与表述的贴切之间完美的平衡。阿诺德指出,"在华兹华斯作品中,我们无论从哪里见到他的主题的深刻真理与表现技巧的深刻真理之间成功的平衡,他都是有他的独到之处的。他的最好的诗就是最能表现这种平衡的

---

① [英]马修·阿诺德.安诺德文学评论选集:"评荷马史诗的译本"及其他[M].殷葆璨,译.北京:人民文学出版社,1958.P147.

② [英]马修·阿诺德.安诺德文学评论选集:"评荷马史诗的译本"及其他[M].殷葆璨,译.北京:人民文学出版社,1958.P148.

③ [英]马修·阿诺德.安诺德文学评论选集:"评荷马史诗的译本"及其他[M].殷葆璨,译.北京:人民文学出版社,1958.P149.

诗。"①阿诺德举例说,尽管他曾很热情地赞赏过华兹华斯的《莱奥达米耶》和《不朽颂》,认为这是两首伟大的诗歌。但是,如果从主题深刻与表述贴切之间完美结合的视角来看,《莱奥达米耶》还没有完全摆脱某种人为的东西,而《不朽颂》则还没有完全摆脱某种慷慨激昂的调子。从这个意义上讲,阿诺德说,"如果要我来选择某种能完善表达华兹华斯独特力量的诗歌,我宁愿选择像《迈克尔》、《源泉》、《高地收割者》这样的诗歌。而华兹华斯创作了相当数量的具有这种特有的美的诗歌。"②由此,阿诺德阐明了诗歌在主题与表达,内容与形式之间完美结合、恰到好处的评判理念。

### 三、消除影响华兹华斯声誉的几大障碍

阿诺德根据"诗歌即人生批评"的标准对华兹华斯给予了高度地赞誉和评价,但是,阿诺德的评价并非是无原则的吹捧和夸大。如前所述,阿诺德早年是在华兹华斯引领的浪漫主义诗潮的影响下成长,而且阿诺德与华兹华斯两家私交甚笃,交往也多。所以阿诺德说,"没有哪个华兹华斯信徒比我对这位纯粹的、贤明的大师有更亲切的感情,也没有谁比我更少为他的缺点感到不愉快"。③ 但是,感情归感情,交情归交情,阿诺德按照其一贯"超然无执、客观公允"的批评原则,对华兹华斯诗歌的缺陷也予以了比较中肯的评说。阿诺德认为,华兹华斯的声誉之所以受到拖累和影响,其价值还尚未得到公众的广泛承认,主要存在以下几方面的束缚和障碍。

第一,良莠不齐的诗作堆积

阿诺德指出,华兹华斯最好的作品是其短篇诗歌。但是在其七大本的诗作中,最好的与许多最坏的诗节混杂在一起,影响了读者的审美情趣和作者的诗学声誉。因为"在短诗集中,前一首诗所造成的印象,往往需要后一首诗的衔接与支持。而在阅读华兹华斯的诗歌时,前一首优美诗歌给人的美好印象,却常常被后一首十分

---

① [英]马修·阿诺德.《华兹华斯诗歌选》序言[J].蒋贻瑞,译.扬州师院学报(社会科学版),1986(3).
② 同上。
③ 同上。

拙劣的诗歌所冲淡、所毁坏。"①华兹华斯一些十分蹩脚的诗作,不加选择地混淆在其上乘佳作中间,成了其头等作品的绊脚石,阻碍着读者进一步接近其优美作品。并常在读者读到其优美佳作后所燃起的激情上,泼下一瓢冷水。所以,阿诺德认为要让华兹华斯被广大读者所承认,就要解除其身上沉重的包袱,把他的一些劣质诗节剔除出去,精心挑选一些好的诗歌呈现给读者。这也就是阿诺德编辑《华兹华斯诗歌选》的初衷之所在。

第二,不拘常理的排列标准

阿诺德认为,影响读者对华兹华斯诗歌评价的第二个障碍就是他不拘常理的排列标准。华兹华斯不是按照一般适用的分类方法来排列他的诗作,而是按照心理活动的类型来排列的,即按照所谓"幻想诗""想象诗""伤感诗""感想诗"等来排列。阿诺德指出,这种杜撰的排列方法,"虽然很新奇,却非常不自然;实行的结果,是不令人满意的。"而同时,阿诺德列举了古希腊人对诗歌的排列方法,即按照叙事诗、戏剧诗、抒情诗等类别来排列,这种方法更具科学性和严密性。阿诺德指出,尽管有些诗也可能介于不同的类型之间,但它终究只有一个占优势的主旋律,根据这个主旋律就能决定其所从属的类别。

第三,虚无缥缈的哲学体系

针对一些追随者提出华兹华斯的诗之所以宝贵,是"因为他的哲学是健全的","他的伦理体系是清楚的,可以解释的","贯穿着自成科学体系的观念"的观点,阿诺德尖锐地批驳说,这些华兹华斯的"粉丝"们总是在不该赞扬华兹华斯的地方赞扬他。事实上,华兹华斯的诗歌是真实的,而其哲学却是虚幻的。如果要让华兹华斯获得其应有的声誉,就必须剥离这些束缚着他的虚幻哲学。阿诺德进一步指出,华兹华斯哲学体系中的观念,"要当作诗人的幻想的活动来看,是有不可否认的优美的,但它没有最高的诗的真实性;它没有真实的基础。"②所以,阿诺德提出,正是华兹华斯诗歌的真实性,使其获得了"人生快乐中最可靠的根源"。

阿诺德指出,这三方面的障碍和束缚,是导致华兹华斯至今尚未得到公众广泛

---

① [英]马修·阿诺德.《华兹华斯诗歌选》序言[J].蒋贻瑞,译.扬州师院学报(社会科学版),1986(3).
② [英]马修·阿诺德.安诺德文学评论选集:"评荷马史诗的译本"及其他[M].殷葆瑔,译.北京:人民文学出版社,1958.P144.

承认的根本原因。为此,他坚持编辑出版了《华兹华斯诗歌选》,剔除了那些他认为的劣质的诗节,改变了分类的方法,抛弃了虚无的体系,以期让华兹华斯的声誉从这些拖累中解脱出来,让公众更好地认识华兹华斯的成就和价值。阿诺德告诫华兹华斯的信徒们,"如果我们要使华兹华斯得到公众及世界的承认,我们就不能以小集团的态度,而必须以公正的诗歌爱好者的态度去介绍他。"①

## 四、阿诺德对华兹华斯评价的影响

综上所述,阿诺德基于自己"诗歌即人生批评"的诗学理念,高度评价华兹华斯是一位"形象刻画生活的艺术大师",并在其诗人排行榜上给出了显赫位置。同时基于"超然无执、客观公允"的批评原则,对华兹华斯诗歌的缺陷也予以了较为中肯的评说。由此展现了阿诺德独到的文学理路和批评见解。

华兹华斯的诗歌最早进入中国是在1914年,陆志韦翻译了华氏的《贫儿行》和《苏格兰南古墓》发表在《东吴》杂志第1卷第2期上。随后,华兹华斯文学改革的思想和清新自然的诗风,受到了中国现代文学不同流派的推崇。由于特殊的历史文化原因,中国对华兹华斯诗学的研究,从一开始就与比较方法联系在一起。无论是新文化运动提出的"欧化"国语文学的主张,还是"学衡派"以外来"新知"来昌明"国粹"的努力,其目的都在于借他山之石以攻己之玉。历史上,大多学者都将华兹华斯的自然诗风与我国诗人陶渊明、王维、白居易等进行比照。1949年新中国成立后,国内对于华兹华斯的评价曾一度跌至低谷,认为他是消极的、反动的浪漫主义诗人代表,站在与历史发展相抗衡的立场上,迷恋过去的生活,发出悲凉的哀叹。1978年改革开放以后,国内的华兹华斯研究也迎来了复兴的春天,结出了一批华氏诗歌研究的硕果。不可否认,华兹华斯是一位伟大的浪漫主义诗人,"华兹华斯的歌吟将永远被人们传诵,因为那不仅是自然之歌,更是灵魂之歌;华兹华斯是属于世界的,属于人类未来的"。② 今天我们重温150年前英国文学批评大家马修·阿诺德对他的评价,不仅能让我们更好了解华兹华斯诗歌的璀璨之光,而且也使我

---

① [英]马修·阿诺德.《华兹华斯诗歌选》序言[J].蒋贻瑞,译.扬州师院学报(社会科学版),1986(3).
② 葛桂录.略论华兹华斯在20世纪中国的接受历程[J].走向21世纪的探索,1999(12).

们充分领略阿诺德评价的独具慧眼。

## 第五节 真诚与力量的代表——对拜伦的评价

### 一、诗人拜伦的生平简介

乔治·戈登·拜伦(George Gordon Byron,1788—1824),是英国19世纪初期伟大的浪漫主义诗人。拜伦1788年出生于一个没落的贵族家庭。他天生跛一足并对此很敏感。十岁时,拜伦家族的世袭爵位及产业落到他身上,使之成为拜伦第六世勋爵。1801年,拜伦入英国著名的哈罗公学就读,毕业后又到剑桥大学主攻文学及历史,广泛阅读了欧洲和英国的文学、哲学和历史著作,同时也从事射击、赌博、饮酒、打猎、游泳、拳击等各种活动。1809年3月,他作为世袭贵族进入了贵族院。1809—1811年间游历西班牙、希腊、土耳其等国,受各国人民反侵略、反压迫斗争的鼓舞,创作了《恰尔德·哈洛尔德游记》(*Childe Harold's Pilgrimage*,1809—1818)《唐璜》(*Don Juan*,1818—1823)等。在这些被世人誉为"抒情史诗"的辉煌作品中,诗人拜伦以积极浪漫主义的创作手法,将自己亲身游历欧洲诸国的切身体会融入作品之中,用开阔的视野和深邃的笔触,展示了辽阔雄壮的时代画卷,抒发了豪情万丈的诗人情怀,表达了傲然不屈的斗争誓言。拜伦不仅是一位伟大的诗人,还是一个为理想战斗一生的勇士;他积极而勇敢地投身革命,参加了希腊民族解放运动,并成为领导人之一。1824年4月19日,拜伦因遇雨受寒病逝,年仅36岁。他的死使希腊人民深感悲痛,希腊独立政府宣布为其举行国葬。

### 二、阿诺德对拜伦的评价

拜伦对阿诺德的影响也绝非朝夕之功。他一直伴随着阿诺德的青年时代,象征着激情与行动,影响了阿诺德的诗歌创作。因拜伦放荡的生活方式之故,阿诺德一直不停地调整着对拜伦的评价,但最终还是赞赏。早期阿诺德褒扬了拜伦的生活激情,后来他非常赞同歌德对拜伦的评价:他是英国一个前无古人、后无来者的了不起的人才,但是思考时却似个孩童。然而他更赞赏的是拜伦那种对讨厌人文艺术、追求物质利益(市侩主义)的英国非利士主义的反抗精神以及他对未来社会的美好预言。

在《拜伦诗集序言》中,阿诺德写道,作为诗人也许拜伦没有大艺术家的耐心,在诗作中逐渐展开行动和人物性格;也没有大艺术家的自律,他写作是为了宣泄自己的激情,但是拜伦却精于描绘单一场景、单一事件,在指陈时政、咏物抒怀、纪行写景中,将内容与形式完美地结合起来;而且他能够强烈而深刻地感受到大自然中的美和人类活动与遭遇中的美,妙笔生花地描绘它们。当他兴奋地写作时、当灵感泉涌时,大自然像恩待华兹华斯一样,在拜伦的笔下化腐朽为神奇,以其独有的自然美为他创作,使读者在欣赏优美诗歌的同时,仿佛亲临所描写的场景,感受异域的风土人情,浓郁的文化、历史气息。

此外,阿诺德还将拜伦、华兹华斯与意大利诗人吉库莫·利奥帕蒂(Giacomo Leopardi)进行了对比,肯定了拜伦反抗暴政、讽刺伪善的伟大之处。阿诺德认为,虽然利奥帕蒂比华兹华斯文化底蕴更深厚,头脑更清晰,没有对现实抱有更大的幻想,但他仍比华兹华斯稍逊一筹。因为华兹华斯表达的人生批评是健康、真实的,而利奥帕蒂的悲观主义既不健康也不真实。而拜伦之所以优于利奥帕蒂在于他的个性异于英国的其他诗人,而且比他们更伟大,那就是他的真诚与力量(sincerity and strength)。拜伦发现在与革命的法国进行了漫长的斗争后,英国的现状及其统治思想都令他厌恶。国家以及强大的中产阶级的最顽固的思想桎梏是英国的非利士主义。人们,尤其是强大的中产阶级,不再对人文思想、艺术文化等感兴趣,只顾单纯地追逐物质利益。这种思想桎梏在拜伦所处的年代甚嚣尘上,即使到了阿诺德时代也还未曾打破。对于出身贵族家庭的拜伦来说,对英国非利士人的偏见和习惯持怀疑与轻蔑的态度并不困难。拜伦曾遇到过许多和他一样对英国的现状以及统治思想持怀疑和轻蔑态度的贵族,但是这些私下里大都对非利士主义不置可否,嘲笑它,迁就它的贵族们在进入英国的公共生活领域后却立即向英国非利士主义致敬。与这些表里不一的贵族不同,拜伦厌恶英国的非利士主义,也即他所称的英国伟大的中产阶级的"伪善",但是他更厌恶自己所处的贵族阶级的伪善。此外,他还反抗一切虚假、狂妄、恶政、压迫及其带来的人类苦难的恶果。不仅如此,拜伦还参加了帮助希腊人争取独立的战斗,在战争中表现出热爱自由、独立、蔑视死亡的英雄气概,并献出了宝贵而年轻的生命。这就是拜伦的真诚与力量之所在,这就是真正的拜伦。

阿诺德认为,不同于华兹华斯,拜伦在有生之年就簇拥在鲜花和掌声中,被大批追随时尚潮流的读者崇拜。对拜伦的缺陷虽有微词,但对他的优点——他的真诚与力量——也是更重要的一面,尚缺乏严肃认真的对待。人们应该从对他的盲目崇拜的时尚风潮中冷静下来,静心沉思,还原一个本真的拜伦。阿诺德的这种想法主要是出于政治动机。阿诺德指责所处的维多利亚时代的公众既自满又庸俗。他宣称诗歌本身就是对生活的批评,评价应持客观公允的态度,反对民族孤立和精神偏狭。从拜伦身上,阿诺德看到一种反抗英国传统主义坚决反对旧秩序,对抗非利士人中产阶级强有力的思想桎梏的精神。这种精神正是阿诺德所需要的。因为在他看来,属于内敛时代的贵族已不能为转向扩张时代的英国指引方向了,这一重任落在了中产阶级的身上。要承担这一重任,中产阶级必须首先克服自身的狭隘、鄙俗、自满和盲目短视,进行客观公允地思考,学习世界上最优秀的思想和知识。由中产阶级的改变而改变整个社会,从而使人性完善,社会和谐发展。此外,拜伦对未来的美好预言也颇合阿诺德的心意。拜伦已将政治简化为反抗一切现存政府,国王统治的时代正在迅速灭亡。人民需要的是一个共和国,虽然为此要付出流血牺牲的代价,但是人民将会最终取得胜利,建立共和国。这一点正与阿诺德毕生的追求目标相契合。阿诺德强调,人们信仰健全理智,对人类走向完美抱有信念,并为此目标的实现奋斗不息、不辞辛劳。同时他认为,当人们对健全理智的概念有进一步的了解,对完美的构件和附件有更清晰的概念时,"我们就会逐步地以健全理智和完美的要素充填国家的基本架构,塑造其内部成分及其所有的法规和体制,使之与新的思想一致起来,使国家越来越成为表达最优秀的自我形式。"[1]正是对拜伦这一反抗精神及其对未来的美好预言的认同,阿诺德才对拜伦放荡的私生活漠然视之。

---

[1] [英]马修·阿诺德.文化与无政府状态——政治与社会批评[M].韩敏中,译.北京:生活·读书·新知三联书店,2008.P173.

## 第六节 华而不实的天使——对雪莱的评价

### 一、诗人雪莱的简介

珀西·比希·雪莱(Percy Bysshe Shelley,1792—1822),英国著名浪漫主义诗人,被认为是历史上最出色的英语诗人之一。1792 年,雪莱生于英格兰萨塞克斯郡霍舍姆附近的沃恩汉,12 岁进入伊顿公学,1810 年进入牛津大学学习。1811 年3 月因刊行《论无神论的必然性》(*The Necessity of Atheism*)一文,入学不足一年就被牛津大学开除。1813 年 11 月完成叙事长诗《麦布女王》(*Queen Mab: A Philosophical Poem*),1818 年至 1819 年间完成了两部重要的长诗《解放了的普罗米修斯》(*Prometheus Unbound*)和《倩契》(*The Cenci*),以及其不朽的名作《西风颂》(*Ode to the West Wind*)。1822 年 7 月逝世。恩格斯称他是"天才预言家"。

郭沫若曾经评论雪莱"是自然的宠子,泛神宗的信者,革命思想的健儿。他的诗便是他的生命。他的生命便是一首绝妙的好诗。"雪莱是自然的宠儿,他熟悉大自然,崇尚大自然,歌颂自然美,善于捕捉描写自然现象来抒发自己的感情,寄托自己对光明、对自由的热爱,传达他的革命理想。比如他脍炙人口的《云雀颂》,一方面写出了边唱边飞的云雀的快乐,另一方面表明了自己追求理想中美好世界的决心。《西风颂》一诗写出了西风作用于陆地上的枯叶、天空中的乱云以及海洋中波浪的威力,更传达了雪莱对革命的信心。诗歌的结尾的"冬天来了,春天还会远吗?"一句一直被人们传颂。在雪莱的诗歌中,大自然中的山川、树林、鸟雀,都充满了生命的活力,带给人们无限的想象和力量。

雪莱是"革命思想的健儿"。雪莱的许多抒情诗,体现了他的民主思想和战斗精神。他在《致英国人之歌》里严厉斥责英国统治阶级,揭露了他们的寄生虫本质,号召英国人民拿起武器反抗不公,保护自己。他的政治抒情诗《暴政的假面游行》,对资产阶级政府的血腥暴行提出严正抗议。1819 年 10 月,西班牙人获得自由之前,他写的《颂歌》鼓励西班牙人民要认识自己的力量,反对异族压迫和封建专制,改变自己的被压迫处境。

## 二、阿诺德对雪莱的评价

阿诺德"批评雪莱是就人而论,很少作作家论"①在《批评二集》中,阿诺德对雪莱的诗作没有展开评论,而是集中论述了道登教授的雪莱传记及其对读者心目中雪莱原有印象的冲击与定位。

即便如此,阿诺德的"诗歌即人生批评"的主张依然清晰可见。阿诺德认为,尽管道登教授所作的传记淋漓尽致地展现了雪莱对妻子哈丽特·韦斯特布鲁克(Harriet Westbrook)的不当对待,我们理想中的天使雪莱依然存在,他的诗歌令许多人认为他是个天使。针对道登教授因偏爱雪莱而作出哈丽特在与雪莱分手前已对他不忠的说法,阿诺德明确表示了自己的看法。他认为雪莱有令自己信服的能力。只要他以为是什么样,他一定会使自己确信如此。同时他又极易激动,一旦他的激情被唤起——那是一件很容易的事——人们将不知道会有什么事情发生。

在阿诺德看来,由于雪莱这种不太符合传统道德的行为之故,他的诗歌无论如何美妙,决不会是关于生活的第一流作品。在后期创作中,阿诺德对诗歌道德影响的关注使他特别强调诗人的品德,他认为品德是行动的基础。在《诗歌研究》中,阿诺德指出,诗歌必须是"卓越的""健全的""纯正的""具有一种培养、支持和愉悦我们的力量"。这种诗歌的创作与诗人的道德品质密不可分。阿诺德认为,雪莱缺少幽默感,善于自欺的个性肯定会影响他的诗歌质量。既然"违反道德的诗,就是违反生活的诗",那么,雪莱违反道德的做法肯定会影响其"道德的诗"的质量。事实上,他认为雪莱并非完全头脑清楚,他的诗作也并非全都是神清志明状态下的作品。现实生活中的雪莱只不过是美与光的幻影,在诗歌创作中与在现实生活中一样,他是一个"华而不实的天使,徒劳地在真空中拍打着闪闪发光的翅膀。"②尽管阿诺德提出要客观公允地进行文学批评,他的"道德"已经被赋予宽泛的含义,但在对雪莱的评价中他未能完全做到这一点,因为雪莱的道德观令后期重视道德的阿

---

① [美]雷纳·韦勒克.近代文学批评史(1750—1950)(第四卷)[M].杨自伍,译.上海:上海译文出版社,1997.P209.

② Lionel Trilling. *The Portable Matthew Arnold*. New York: The Viking Press, 1963. P405.

诺德太难以容忍了。这不能不说是阿诺德文学批评中的一大遗憾。

## 第七节　希望和幸福的坚守者——对爱默生的评价

1883年10月至1884年3月,马修·阿诺德第一次到美国讲学。此次美国演讲之行的高潮发生在波士顿,在那里他作了备受争议的演讲——《爱默生》。在这篇演讲中,阿诺德对美国著名的哲学家、散文家兼诗人拉尔夫·瓦尔多·爱默生(Ralph Waldo Emerson,1803—1882)作了深刻评析。他指出,爱默生虽称不上是一位伟大的诗人、伟大的作家或文豪,也算不得是一位伟大的哲学家,但是,爱默生却比伟大的诗人、作家或哲学家对于人们的意义都更为重大:他是人们精神生活的助手和朋友,是希望和幸福的坚守者。爱默生的《散文集》则是19世纪最重要的英语散文作品。

一石激起千层浪,阿诺德对爱默生的这个评价立即在美国引起了轩然大波。各界人士对此观点议论纷纷、褒贬不一。爱默生的家乡波士顿以外的美国人对此观点并未感到惊讶,有些地方甚至以观看波士顿人因自己的偶像在公共场合的坍塌而受窘为乐。美国的《文学世界》杂志认为,虽然爱默生并非完美无缺,但是阿诺德的评析却表明他的批评品位不高。《国家》杂志则认为这是一篇漂亮、精致的批评,还有人认为,虽然阿诺德的论点正确,但他在评论时不够讲究方法和技巧。阿诺德为什么会对爱默生作出如此评价? 他的评价标准和方法又是什么呢?

阿诺德在年轻时曾深受爱默生的影响,并与爱默生有过一面之交。早在牛津大学求学时,阿诺德就对爱默生心怀敬意,并把他比作"美国的纽曼"。1842年,爱默生常常是阿诺德与弟弟汤姆及好友克拉夫(Arthur Hugh Clough)、西奥多·沃尔龙德(Theodore Walrond)每周日早餐聚会时的讨论对象。1841年及1844年爱默生的两本《散文集》一出版,阿诺德就迫不及待地买来阅读。1848年的一个周末,拉尔夫将这位"双肩浑圆,态度温和谦恭,一点也不像是'自立'先知"的爱默生介绍给阿诺德,于是一场愉快的会面开始了。① 然而,时光的磨蚀会削弱短暂的激

---

① Park Honan. *Matthew Arnold:A Life*. Massachusetts:Harvard University Press,1983. P142.

情,会抛弃一时的偏好。思想会随着知识的积累和阅历的丰富而日趋成熟,年轻时的美好印象并不一定经得起时间的考验和岁月的雕琢。晚年的阿诺德克服了早年的个人喜好,并克服可能由此带来的异议,将爱默生置于世界名家的标尺下,坚持真实地评价爱默生。

首先,爱默生并不是一个天生的诗人。阿诺德赞赏弥尔顿关于诗歌应当简单、热情、赋予感官的观点,推崇简洁明快的语言和质朴无华的诗风。因此,他尊崇荷马的"字句朴素、观念简洁",乔叟的"词藻和谐、行文流畅"。他盛赞彭斯的简朴有力,华兹华斯对待主题的直接自然。这些大诗人们全凭诗歌朴素、忠实的表现力来发挥卓越效果。相反,有些名家却在这方面存在严重缺陷,即使是世界文豪莎士比亚也不例外。阿诺德指出,莎士比亚才气超群,无与伦比,但正是这一优异的表达才华往往使其弄巧成拙,由此掩盖了他的其他卓越之处。"莎士比亚在语言中似乎尝试过各种风格,惟独没有尝试过质朴无华的风格",由此,在莎士比亚的一些最杰出的悲剧,如《李尔王》中,"主要几幕使用的语言非常矫揉造作,莫名其妙地拐弯抹角,并且晦涩难懂,你必须将每段话读上两、三遍,才能理解其中的含义。"①按照这个标准,阿诺德深刻地指出,爱默生的诗歌不够简洁明了,句子的主语和宾语常常难以区分,他的大多数诗歌迷失在象征和典故里,晦涩难懂,缺乏力量,难以给人留下深刻的印象。阿诺德甚至认为,爱默生几乎没有写过一首整体上明晰有力、值得称颂的诗歌。他的诗歌甚至比不上朗费罗的《桥》(*The Bridge*),或是惠蒂埃(John Greenleaf Whittier)的《学校时光》(*School Days*)。因为这两位诗人的诗歌优美自然、清新晓畅、形象鲜明、语言朴素。在爱默生的诗集中,纯粹平铺直叙的诗行或诗篇,也是凤毛麟角、难得觅见,只有雄壮、恢宏的《康科德碑颂歌》(*Concord Hymn*)是个例外。虽然爱默生的诗歌中偶尔也有个别清晰坚定的语句,其清雅堪比阿诺德所推崇的格雷的诗歌。但是,爱默生的诗歌只是一系列的观察和描绘,缺乏格雷诗歌中那种令诗歌深化和升华的积极的、令人满意的波折。

其次,爱默生也不是一个伟大的作家或文豪。在阿诺德的心目中,伟大的作家或文豪应当是像西塞罗、柏拉图、培根、帕斯卡尔(Pascal)、斯威夫特、伏尔泰等这

---

① [英]马修·阿诺德.十九世纪英国文论选:诗歌题材的选择[M].吴苏敬,译.北京:人民文学出版社,1986.P192.

样有思想、有风格的作家。好风格是伟大作家的标志。他们的风格是真实可靠的,体现在作品的整体结构中。"艺术家不同于艺术爱好者,在于他掌握了最高意义上的建筑艺术,即创造、构思、组织的实际能力,而不在于个别思想的深邃,意象的丰富或例证的充分。"①作品中绚丽多彩的篇章,并不能证明作家就有风格,风格存在于整部作品的有机架构中。因此,精于栩栩如生地描绘单一事件、单一场景,但是整部作品"冗长、重复、缺少主题"的拜伦不是一个伟大的作家,他的伟大体现在他与英国非利士主义人士不屈不挠的抗争精神中。虽然济慈的《伊萨贝拉》是绚丽多彩的词藻和意象完美的宝库,几乎每个诗节都有不同的生动活泼的措词,使描述的对象在想象中闪耀,使读者的感官得到欢快的刺激,人们从这首诗中可以引用的妙言警句甚至比索福克勒斯尚存的全部悲剧作品中所包含的还要多,但是由于"诗人构思不力,组织松散",因此,"它所产生的影响,是完全失败的"。同样,尽管爱默生的文章有的优美悲戚,有的精炼机智,有对人生精辟的警句,也有对自然细致的观察,但是,它们仅仅是一些精美的片段,而没有有机地构成整体。他的诗歌体系并没有形成好的整体架构,没有伟大作家的风格。因此,爱默生也不算是伟大的作家。

再次,爱默生也不是一个伟大的哲学家。有的评论家认为,即算爱默生不是一个伟大的诗人,伟大的作家,甚至没有大文豪的风范,但他还是提出了一种哲学,有自己的哲学思想。对此,阿诺德指出,爱默生的哲学因为没有演进,所以他也称不上是一个伟大的哲学家。阿诺德评论说,柏拉图既是伟大的诗人,也是伟大的哲学家,他的对话以一种精美的文学形式阐发了他的哲学思想。亚里士多德、斯宾诺莎和康德,严格地说都不是伟大的文豪,他们的作品不是伟大的文学作品。但是,他们作品中的建设力量构筑了一种哲学,因此,他们是伟大的哲学家。而爱默生的哲学观点因为没有演进,没有发展,其力量不足以建构一种哲学。卡莱尔在谈到爱默生的《日晷》(The Dial)杂志时,也曾指出爱默生的创作不够简练,"太超凡,太理论化,沉思味太浓"。爱默生的演讲缺乏诸如人们的生活、美国的森林之类的具体事物和优美情节。爱默生本人也知道他的方法的弊端,他准确地指出自己哲学作品的缺陷,他倾向于精确的风格:"我坐在这儿读读写写,几乎没有系统性。就文章而

---

① 吕佩爱.论马修·阿诺德的"真实评价"与爱默生[J].当代小说,2007(11).

言,写出来的只是些片段,段落之间难以理解,每句话都是令人生厌的小词。"而斯宾诺莎、康德等伟大哲学家的作品却不会如此。

也有评论家提出,虽然爱默生的诗歌的确很抽象,他的哲学也实在太含糊,但是他的散文《英国人的特征》(*English Traits*)却属于上乘佳作。对此,阿诺德仍然坚持运用比较法,用最高的标准来评判。他认为,和蒙田、艾迪生这些记录描述人类生活和性格的一流作家的同类作品相比,《英国人的特征》要逊色得多。因为爱默生的《英国人的特征》与具有一流文学天赋的霍桑的《我们的老家》(*Our Old Home*)一样,都没有做到足够的客观。爱默生在《英国人的特征》中是个宽厚的观察者。他的宽容源于他的"持久的乐观",虽然这是他伟大的根源,但这种乐观使他无法作出客观的观察与评价。

尽管在阿诺德的眼中,爱默生称不上是一位伟大的诗人、伟大的作家或伟大的哲学家,但是,阿诺德指出,爱默生对人们的意义却非常重大:他是人们精神生活的助手和朋友,是希望和幸福的坚守者。由于阿诺德推崇思想对于整个社会生活产生积极影响的方面,所以这样一个评价看似平淡无奇,实则中肯不凡,有着深刻的思想内涵。

阿诺德认为,爱默生的睿智思想,将人们精神生活中的许多观点都思考到了。虽然他没有将它们纳入一个体系,但是爱默生的表述却比将它们体系化更加实用,更为有效。爱默生的很多思想闪烁着充满乐观、催人奋进的光芒,譬如:"相信自己,每颗心都能与真理产生共鸣";"性格决定人生的一切,要自力更生、发奋图强";"在人与自然之间存在着'超灵'的神力,每个人的思想都融入其中,这是我们心灵沟通的渠道";"生活应有更高的目标和追求,更高的起点将展现更美的风景";"善是永无止境的追求,虽然不能尽善尽美,但它弥漫于人们的日常生活之中,与我们近在咫尺";"孤傲的性格是人致命的缺陷";"人们应当拒绝安逸和放纵";"补偿是生活的伟大法则,无处不在、无时不在";"在美国你找不到一种不合时宜、不讲体面的情况"等。这些观点给人以精神的熏陶、智慧的启迪和生活的力量,激励着一代又一代的美国人创造辉煌业绩。

对于爱默生的这些思想,阿诺德仍坚持用客观公允的态度来评判,在尖锐指出其不足之处时,充分肯定了其中的积极意义。

首先,这些思想观点的确是令人精神振奋的,但冷静思考之后就会发现,这些思想对现实生活和自身状况有种太过满足的危险。事实上,阿诺德认为,美国和英国的民众都对自己过于自信,有些人因此而逐渐沉溺于一种无聊可怕的生活。虽然阿诺德看到的新英格兰的一角给他留下了不错的印象,但他仍深信美国小说中对新英格兰农场破败不堪的描述是真实可信的。为此阿诺德强调,新英格兰人和英国人一样,他们要确定的应该是他们的信仰是否正确;要弄清楚的不是生活方式已经很好,而是必须改进这些生活方式;在物质财富激增的情况下,要保持清醒的头脑,认清物质财富仅仅是达到人性全面和谐完美的手段:幸福的本源不在于追名逐利,而在实现人性全面和谐完美的发展。

其次,阿诺德深入阐释了爱默生思想特色形成的原委。阿诺德认为,爱默生的这些思想观点正是那个时代所需要的。当时美国正处于资本主义的上升时期,物质主义、拜金主义和个人主义的思潮甚嚣尘上,传统的精神信条和伦理规范已轰然坍塌,新兴的资产阶级亟需构筑一种新的道德价值观来引导人们的社会生活和思想理念。当时爱默生所能做的唯一正确的选择就是要绝对而普泛地肯定它们,因为只有这样,才能够打破当时所面临的固有狭隘思想筑起的障碍藩篱,打开新思想的入口。如果爱默生选择了模棱两可、摇摆不定的权宜之计,那么他的观点要么早就被激起更猛烈地反对,要么根本就不会产生任何影响。同时,阿诺德指出,尽管爱默生的观点充满乐观精神,他坚信一切都会产生好结果,但是爱默生并不是盲目乐观,他比其他人更敏锐、更清楚地看到并勇敢地揭露美国社会的种种弊端。他庆幸华盛顿早已尽享天年去世,不必亲眼目睹美国政治的龌龊卑鄙;他尖锐地批评美国两大政党的勾心斗角和尔虞我诈;他甚至觉得自己团结新英格兰人开展慈善活动的做法也是无聊透顶的。

再次,阿诺德在更高层次的意义上肯定了爱默生的积极贡献。他指出,爱默生之所以伟大,不在于他那令人钦佩的洞察力,也不在于他那弥足珍贵的真理,而在于浸透其身的充满希望、宁静而美好的性情中。爱默生曾说过评判一个人的人生要根据他是否有希望及其希望的大小。阿诺德高度评价了爱默生这一深邃的思想,指出这是爱默生存在的根本,在他的一生中从未消失过。在爱默生悲伤地承认其文学力量和来源不完美时,他的希望仍在;即使到了晚年,老朋友相继离世,生命渐逝,爱默生的希望依然如故。阿诺德认为,希望与幸福携手同行。坚守希望,坚信幸福,使爱默生的作品无价。阿诺德指出,爱默生的《散文集》是 19 世纪最重要的英语散文,还指出爱默生的作品比卡莱尔的更重要。尽管卡莱尔有天赋,有正确的教诲:工作是高贵的,正直是必要的,要热爱真实、憎恶虚伪;但是,他却因猛烈地抨击人们对幸福的渴望,而与希望无缘。在卡莱尔看来,心灵可以休憩的秘密在于停止对幸福的渴望,人们要学会安慰自己,如果生来注定是不幸福的,那该怎么办?对此,阿诺德指出卡莱尔的人生态度不足取。爱比克泰德(Epictetus)和圣奥古斯丁(St. Augustine)都曾说过,对幸福的渴望是人类生存的根基。如果告诉人们他们寻求幸福的方向错了,或者在一个没有真正幸福的地方寻找快乐,兴许人们还能理解并坦然面对;但是如果告诫人们根本不可能有幸福并要求他们停止对幸福的渴望与追求,那只会让他们感到困惑迷茫和不知所措。

幸福是爱默生的信条。有人指出爱默生太乐观了,因为美国现实生活中的一代并不像他想象得那么好。阿诺德认为,也许这一代,甚至随后的几代美国人也同样会辜负爱默生的希望。但是,坚信幸福在于精神生活中,希望这种精神生活将越来越被理解、盛行、广为人知、普遍实践。美国人中只有两个人:富兰克林和爱默生,在希望和勇气上表现的乐观是难能可贵的。他们两个是美国作家中最出色、最值得尊敬的,具原创性和有价值的。虽然智者都知道保持勇气和希望的必要性,知道"希望"是——用华兹华斯的话说——"上帝为了他自身的荣誉,放在人们受苦心灵上的最大的责任。"然而,"责任"指的是要经过努力奋斗,力争保持希望不被破灭。而富兰克林和爱默生却以一种令人信服的悠然,一种振奋人心的快乐,保持着他们的希望。

阿诺德坚持客观公允的评价标准,在克服个人早期偏好与外在因素干扰的基础上,运用综合比较法,将爱默生的作品置于世界文学同类佳作的标尺下,进行超然无执的真实评价。一方面,指出了爱默生在诗歌上的恢宏风格,文学的整体架构,哲学的演绎推理和散文的客观描述方面存在的欠缺,同时又高度评价了爱默生的思想对于人们精神生活的重要影响。在他眼中,爱默生的高大形象依然可见,他站在波士顿湾,或是家乡康科德,一只手指向东方,指向辛勤劳作的英格兰,为英国人指明了自由、欢乐和希望;另一只手则指向成长壮大的西方,指向他热爱的美国,为美国人展示了他的高贵、优雅与宁静。

# 第四章　马修·阿诺德的诗学影响

从马修·阿诺德诗歌作品及其诗学评论发表的第一天起,西方学界对之"仁者见仁、智者见智"的褒奖和批评就不绝于耳,时至今日仍无定论。近现代以来,阿诺德的诗学思想经多方传播,在吴宓等学衡派学人中引起了较大的共鸣和反响。阿诺德关于诗歌要给人以真、善、美的价值取向,要崇高、严肃的道德准则,对当下处于自媒体时代的诗坛仍有现实指导意义。

## 第一节　在西方诗界的争议

马修·阿诺德是著名的教育家、拉格比公学校长托马斯·阿诺德的长子,在许多方面都曾深受其父的影响。不过,求学期间的阿诺德却表现得像个纨绔子弟:喝酒、钓鱼、裸泳、恶作剧,不上教堂,也不用功读书,1844 年在牛津大学毕业时只是个二等荣誉生。1845 年虽然得到牛津奥利尔学院的住院士资格,有机会读经典,研读德国哲学和文学。但阿诺德似乎并不感恩戴德,在 1847 年成为兰兹唐勋爵的私人秘书之前,他表面上一如既往,逍遥自在。直到 1849 年他发表第一部诗集《迷路的狂欢者》(*The Strayed Reveller*),才令熟悉他的亲友们大吃一惊、刮目相看,原来他是那么的"认真"![①] 从 1849 年至 1867 年,阿诺德一共出版了 5 部诗歌集,创作了 130 余首诗歌,包括戏剧体诗、十四行诗、叙事诗、抒情诗等各类体裁。在诗歌创作的同时,他还在 1857—1867 年间被聘为"牛津大学诗歌教授",作了系列关于文学批评的演讲,如《论荷马史诗的译本》《论凯尔特文学研究》《当代批评的功用》等。此外,他还发表了 1853 年《诗集》(序言)《论诗》《华兹华斯诗歌选序言》《文学

---

① [英]马修·阿诺德.文化与无政府状态——政治与社会批评[M].韩敏中,译.北京:生活·读书·新知三联书店,2008.P4-5.

中的现代因素》等评论性文章,阐发了他的诗学理论和批评观点。

虽然阿诺德的诗歌成就得到公认,但从他发表的第一部诗集开始,那种直面人生、表露怀疑情绪的内容,就受到了来自方方面面的尖锐批评。160多年来,西方学界对于阿诺德的诗学观点始终存在着褒贬不一、莫衷一是的争论。这些争论主要集中在以下几个方面:

## 一、关于阿诺德诗歌的"悲怆"主题

阿诺德的诗歌有相当大一部分是对19世纪英国(以致整个西方世界)宗教信仰衰落发出的感叹。他的诗歌中常常使用"死亡""黑暗""流浪者"等意象,又经常吊古伤今,所以他的诗歌常常被标签为悲观、哀叹、消极等,或者直接被定性为哀歌。围绕其诗歌是否是"悲情的倾泄"这个主题,许多评论家都有同感。

《牛津英国文学百科全书》中"马修·阿诺德"词条的编撰者约翰·麦克葛文(John McGowan)认为,阿诺德的诗歌常常哀叹伦理道德和宗教信仰的式微。再加上他在诗歌中经常表现的孤独主题,我们也许可以得出结论,"人类永恒的哀伤"是他唯一的基调。[①]特里林和科里尼(Stefan Collini)都认为,阿诺德最好的诗歌的主基调是忧郁和悲伤。约翰逊(W. Stacy Johnson)指出,人类的孤独成为阿诺德诗歌的最好的题材,而绝望和忧伤成为其主基调。罗宾斯(William Robbins)似乎乐观一些。他认为,阿诺德的很多诗歌传递的是生活中一种深刻的无助感。在这样的生活中,人要么是"疯狂之徒",要么是彷徨在两个世界之间的流浪者。就具体的诗歌而言,阿诺德的很多诗歌都被认为是哀歌,或是悼念亲友,比如,《吉卜赛学者》(*The Scholar-Gipsy*)《拉格比教堂》(*Rugby Chapel*)《色希斯》(*Thyrsis*);或是哀叹宗教信仰的衰落,比如《多佛海滩》《作于查尔特勒修道院的诗行》(*Stanzas from the Grande Chartreuse*)。布什(Douglas Bush)认为,阿诺德的全部诗歌在某种意义上都是哀歌。[②]

孤独和悲怆是阿诺德诗歌的主旋律,其诗歌成就整体上反映了英国维多利亚

---

[①] David Scott Kastan, ed. *The Oxford Encyclopedia of British Literature*: Matthew Arnold, Vol. 1. John McGowan. Shanghai:Shanghai Foreign Language Education Press, 2009. P58.

[②] 王华勇.文化与焦虑:马修·阿诺德诗歌研究[D].浙江大学,2013. P9.

时代的主要思想潮流。这一点甚至连阿诺德本人也深表赞同,1869年在写给他母亲的一封信中,阿诺德说,"我的诗歌,在整体上,代表了一个世纪最后四分之一时间的精神风貌。"① 但是,我们也应看到,阿诺德的这种孤独和悲怆,绝对不是一种消极厌世的悲观和失望,而是一种破茧重生的呐喊与奋起。正像殷企平先生在《夜尽了,昼将至:〈多佛海滩〉的文化命题》中所说的,阿诺德的悲观主义是一种有力量的悲观,透露着诗人的执著和勇敢。②

## 二、关于超然无执的批评态度

诚然,阿诺德的诗学理论,把"超然无执"奉为文学和社会批评的圭臬。但是,何谓"超然无执"?如何做到超然无执?却引起了人们的广泛争议。可以说,自阿诺德一提出批评要保持超然无执的态度时起,就受到了各界褒贬不一的评论。有不少批评家充分肯定了"超然无执"的理性价值。如约翰·布赖森(John Bryson)明确指出,当半哲学半宣教的新流派侵入批评、歪曲文学观点时,阿诺德呼吁批评要保持超然无执,拒绝将文学与非文学混淆,这是非常重要的。刘易斯·E·盖特(Lewis E. Gate)也评论说,从本质上讲,阿诺德倡导的"超然无执"是正确的,或者说他代表了正确的发展趋向。"将阿诺德视为引领英国批评传统的主将这一流行说法,至少部分是正确的。他当然比此前的任何英国批评家都更关心社会的阴暗和诉求,并更为耐心地予以详细的叙述。"同时,也有许多批评家对阿诺德的观点及其实践持怀疑甚至否定的态度。如杰弗里·蒂洛森(Geoffrey Tillotson)就认为,在具体的批评实践中,阿诺德所提出的超然无执不但以前不可能实现,而且现在或将来仍然无法实现。尽管阿诺德一再坚称要做到超然无执,但一旦在他离开纯文学批评而进入更宽广的领域时,他所坚持的客观公允的努力就化为泡影了。乔治·沃森(George Watson)也评论说,阿诺德的文学批评,以及他对《圣经》的再解读并没有做到足够的超然无执、不偏不倚。如果阿诺德曾经严肃地尝试着要做到客观公允的话,那么根本就不会有他的批评生涯。布朗(E. K. Brown)在《马修·

---

① Douglas Bush. *Matthew Arnold: A survey of His Poetry and Prose*. London and Basingstoke: The Macmillan Company, 1971. P33.

② 殷企平.夜尽了,昼将至:《多佛海滩》的文化命题[J].外国文学评论,2010(4).

阿诺德:矛盾的研究》(*Matthew Arnold:A Study in Conflict*)一书中,把阿诺德提出的"超然无执"的主张和他的批评实践结合起来,探究了阿诺德在批评理论和批评实践二者之间存在的矛盾。威廉·布劳内尔(William Brownell)则指出,阿诺德那广为人知的"超然无执"仅仅是一种方法,因为阿诺德也是心怀偏见,并且和所有的人一样,也有自己的喜怒哀乐。

对于阿诺德提出的"超然无执",固然有"仁者见仁,智者见智"的理解和评判。但是,他的这一思想能引起如此广泛的关注和争论,本身就说明了它的厚重份量与价值。正如前文所说,深入探析和解读"超然无执"的思想内涵,将有助于我们更清晰地把握阿诺德文学批评的思想脉络。把握阿诺德倡导的"超然无执"的批评态度,要求批评家必须在理性超脱、克服褊狭、尊重事实、善于比较等方面下功夫,由此尽可能地做到超然无执、客观公允。

### 三、关于"试金石"的评判标准

像对阿诺德提出的"超然无执"一样,也有不少批评家肯定了他的"试金石"理论的价值。乔治·伍德伯里(George Woodberry)认为,尽管阿诺德的标准太远离现实生活,但同时代表了他的心志,尊重与文学批评有关的各种思想;阿诺德的"超然无执",以及坚持重视目标的想法,是正确而有价值的批评准则。蒂莫西·佩尔特森(Timothy Peltason)也评论说:"试金石不仅因其任意性,而且因其相信实践胜过准则,而值得给予关注。"然而,在大多数批评家看来,将这些容易记忆的段落作为试金石,是阿诺德批评方法中最薄弱的命门,不堪一击。事实上,阿诺德的"试金石"理论也是他最容易、最经常受到攻击和质疑的观点之一。约翰·布赖森认为,阿诺德"太过重视伟大的诗歌题材而忽视诗歌处理方法。他用试金石检验诗歌的价值是有失偏颇的"。詹姆斯·拉塞尔·洛厄尔(James Russell Lowell)也质疑用一行甚或三、四行诗歌作为风格例证的有效性。此外,斯图尔特·P·舍曼(Stuart P. Sherman)评论说,阿诺德的试金石理论融入了古典权威和个人审美观,难于实现客观公允。因为,"在选择试金石的时候,审美观肯定在起作用;在运用它们的时候,审美观必须继续起作用"。由此,阿诺德在评价乔叟、德莱顿、蒲伯、彭斯、荷马、凯尔特文学以及华兹华斯的时候,其方法是不停地运用个人鉴赏力,并不断受到外部标准和权威的严重干扰。在某种程度上,他的批评还借助于历史解释的方法。

的确,恰如有些评论家所批评的那样,由于阿诺德在论证自己的观点时,引证的往往是几句诗行,甚或是一句诗,而且他例举的"试金石"大多表达了忧伤、悲戚的情感,很容易让人产生阿诺德的评论带有强烈的个人喜好的印象,从而质疑这一理论的全面性、客观性和有效性。但笔者觉得,要正确理解这个"试金石"理论,应当把它置于阿诺德有关文学批评的整体语境中来全面分析。事实上,阿诺德的试金石理论,恰恰反映出阿诺德关于文学批评的一些独到而有见地看法。

## 第二节 与吴宓等人的渊源

最早译介阿诺德诗歌的中国现代作家可能是闻一多。1919年5月,他在清华学校期间,一度效法林纾以古文翻译英诗。他用严整的五言古体诗翻译了阿诺德的《飞渡矶》(即 *Dover Beach*,今译为《多佛海滩》),将阿诺德原意书写英国人为失去对基督信仰的感伤,译成服膺传统的人总感叹古道不兴的悲哀。1921年10月,闻一多又发表了《节译阿诺底〈纳克培小会堂〉》(*Rugby Chapel by Matthew Arnold*)一诗。从他早期在新文化运动中提倡白话文应取"不随流俗以讥毁"的态度,以及他在1923年发表《〈女神〉之地方色彩》希望在新诗中恢复中国古典文学的信仰来看,闻一多与阿诺德的文化观点颇多契合之处。[①]

20世纪20年代,较大规模地译介与评价阿诺德的工作是由学衡派完成的。出于对西方古典文明的浓厚兴趣,哈佛大学教授欧文·白璧德(Irving Babbitt,1865—1933)从阿诺德的思想理论中找到了共鸣的乐章,他全面继承并发展了阿诺德的文化思想与文学批评观,成为美国新人文主义思潮的一代宗师。20世纪初,一批中国学子先后留学美国,师从欧文·白璧德,并通过白璧德的中转,间接传承了阿诺德的文化思想,形成了文化思潮中著名的"学衡派"。其中较为突出的有梅光迪、张歆海(鑫海)、吴宓、汤用彤、林语堂、楼光来、奚伦、梁实秋、范存忠、郭斌龢、

---

① 周淑媚.论学衡派的思想资源——阿诺德的文化论与白璧德的人文主义[J].东海中文学报,2009(21).

张荫麟等人。"学衡派"在 20 世纪上半叶对阿诺德进行了较多的介绍和评价。

1923 年 2 月,《学衡》第 14 期的"述学"栏目中,还刊载了吴宓的《英诗浅释》,文中翻译了阿诺德的《挽歌》(Requiescat),并以《论安诺德之诗》为题,阐述阿诺德的诗歌创作及其评价。在这篇倾心之作中,吴宓指出,"安诺德之诗才,常为其文名所掩。世皆知安氏为 19 世纪批评大家,而不知其诗亦极为精美,且所关至重,有历史及哲理上之价值。盖以其能代表 19 世纪之精神及其时之重要之思潮故也。"阿诺德之诗有二特性,"一曰常多哀伤之旨,动辄厌世,以死为乐。二曰常深孤独之感"。而阿诺德诗之佳处,"即在其能兼取古学浪漫二派之长,以奇美真挚之感情思想,纳于完整精炼之格律艺术之中"。① 而在《论安诺德之诗》一文中,吴宓提及阿诺德的诗歌达 19 首之多。可以说,吴宓是中国较早研究阿诺德诗歌的代表人物,他的研究方法与观点也形成了一种范式,为后来者所遵循。随后,吴宓还在其诗集扉页的"吴宓自识"中,明确将阿诺德列为他所追慕的西方三大诗人之一,并简要概述了阿诺德关于诗歌题材及功用的观点。"安诺德谓诗人乃由痛苦之经验中取得智慧者。又谓诗中之意旨材料,必须以理智鉴别而归于中正。但诗人恒多悲苦孤独之情感,非藉诗畅为宣泄不可;又谓诗为今世之宗教,其功用将日益大。"② 此外,吴宓自己的诗歌创作也受到阿诺德的深刻影响。在《释落花诗》一文中,他明确写道:"惟余诗除现代全世界知识阶级之痛苦外,兼表示此危乱贫弱文物凋残之中国之人所特具之感情,而立意遣词,多取安诺德 Matthew Arnold 之诗,融化入之,细观自知。"③ 1935 年,吴宓在哀悼著名影星阮玲玉的诗中,更以"我是东方安诺德"自况。不仅陈述了自己模仿阿诺德为凭吊某歌妓、舞女而作挽歌的事实,还表明了他已充分体认到自己与阿诺德在诗学理念及精神人格上的灵犀相通。④

胡先骕(1894—1968)在《评〈尝试集〉》中也引用阿诺德的观点,强调诗歌体裁与诗之优劣大有关系,以此批驳胡适等人关于中国诗歌句法太整齐,不合乎语言自然的论点。他指出:"阿诺德(Matthew Arnold)以为一国诗之优劣多关于其通行作高格诗之体裁之合宜与否,法国之诗所以不及希腊与英国者,由于其高格诗通常所

---

① 吴宓.雨僧诗文集[M].台北:地平线出版社,1971.P361.
② 吴宓.雨僧诗文集[M].台北:地平线出版社,1971.P1.
③ 吴宓.雨僧诗文集[M].台北:地平线出版社,1971.P399.
④ 向天渊.马修·阿诺德与 20 世纪中国文化[J].重庆工商大学学报,2006(03).

用之亚历山大体(Alexandrine)不及希腊之抑扬体(Iambic)与六音步体(Hexameter)与英国之无韵诗(Blank verse)也"。胡先啸旁征博引古今中外诗论,在与《尝试集》及胡适的观点作对比,论证其理论和实践的荒谬后,他得出如下的结论:"中国诗以五言古诗为高格诗最佳之体裁,而七言古五七言律绝与词曲为其辅,如是则中国诗之体裁既已繁殊,无论何种题目何种情况,皆有合宜之体裁,以为发表思想之工具……毋庸创造一种无纪律之新体诗以代之。"①

## 第三节 对当今诗坛的启示

阿诺德"诗歌即人生批评"的诗学理念,赋予了诗歌庄严的道德使命、高尚的价值追求和优雅的审美情趣,而这并不是每位诗人和每首诗歌都能够轻易做到的。在当今这样一个急功近利、物欲横流、观念混杂的时代,诗人创作的随意性和流俗性也被无限放大,古体诗、现代诗、朦胧诗、新潮诗……各种诗体竞相怒放,各种流派争奇斗艳,予人眼花缭乱、目不暇接之感。正如当代作家韩寒所说:"现代诗歌没有太多格式的限制,让创作比较自由。但也带来很大的弊端:门槛很低,好像人人都能写,所以造成写诗的人比看诗的人还多。在我看来,如果一种创作的门槛过低,而且人人都感觉良好的地步,是很难有什么好东西出现的。"②没有固定的评判标准,没有清晰的原则界定,有人认为,只要口中发出的音节,只要笔端留下的印迹,都可以称之为"诗"。由此导致一些所谓的"先锋诗人"、"新潮诗人",更因其标新立异、情趣低俗、无病呻吟而爆红网络、争相效仿。

譬如说,2012年3月,网络上忽然流行起一种"废话体"的诗歌。有位网友在微博上晒出了所谓"先锋诗人"乌青的三篇作品,立马引起公众的轰动,一时之间,拍砖的、灌水的、吐槽的、效仿的……喧哗纷扰齐登场,着实热闹非凡。"先锋诗人"乌青的诗歌不讲究任何韵律,不需要对仗工整,不刻意遣词造句,基本上是看到什么就写什么,任意挥洒、恣意汪洋。在《假如你真的要给我钱》中,乌青只公布了一

---

① 胡先啸.评《尝试集》[J].学衡,1922(01).P6-7.
② 韩寒.写诗的人比看诗的人还多[A].百度贴吧 http://tieba.baidu.coM/p/1298665617.

组银行账号及其姓名,就构成了一首诗:"我的银行账号如下:招商银行/6225×××74/郑功宇/建设银行/4367×××13/郑功宇/工商银行/6222×××30/郑功宇/……"。在《对白云的赞美》中,他把几个简单的形容词颠来倒去,啰嗦几遍也成了一首诗:"天上的白云真白啊/真的,很白很白/非常白/非常非常十分白/极其白/贼白/简直白死了/啊——"。而在《怎么办》中,其叙述不仅情节无聊,而且言语粗俗,构不成任何的审美情趣:"我打电话,给张建华/接电话的是/他母亲/我问:张建华在吗/他母亲说,在、在大便/我说,在大便啊/他母亲说是的/我对张建华的母亲说/那怎么办呢?"最为搞笑的是,在《月下独酌》中,乌青只整篇抄录了李白创作的《月下独酌》,然后在结尾处加上一句"这首诗是李白写的",就成了他自己创作的"先锋诗歌"了,更让人莫名其妙、哭笑不得。然而,正是这样一串废话连篇的数字账号,这样一些辞藻堆砌的无聊语句,这样一种玩世不恭的创作态度,却被网友称之为"举世皆惊""重口味""太神了""暴强"……

有不少网友对这种"废话体"感到又好气又好笑,他们抨击当今诗人的门槛实在是太低了。不过也因此有人戏仿起乌青的诗歌,戏谑嘲讽当今的一些社会现象。按照乌青的"白云律",网友"米雪儿 M"创作了《对开会的赞美》:"仰头问上帝地球人最爱干啥? /上帝说:爱开会/真的很爱开会/特别爱开会/贼爱开会/极其爱开会/啊——"。网友"南方小屋子"则写出了《对北京交通的赞美》:"四环桥上的车队真堵啊/真的,很堵很堵非常堵/非常非常十分堵/特别堵特堵/极其堵/贼堵/简直堵死了/啊——"。而网友"杨轶_月下美丽的梦"则"以其人之道还治其人之身",用此格式讽刺乌青:"你写的烂诗真烂啊/真的,很烂很烂非常烂/特别烂特烂/极其烂/贼烂/简直烂死了/啊——"。①

更多的网友则对这种"废话体"大口"吐槽"。网友"草籽仔"说:"如今说说废话都能成为诗人了,李白、杜甫一定会泪流满面"。网友"咪咪是我家的BB"说:"拜读乌青作品,我终于知道了,你随便造三五个句子,记住每个标点符号都换行,句子里引用成语的是安妮宝贝,没有成语的是先锋诗歌"。不管是戏仿也好,吐槽也罢,这种现象流行的本身就说明当下人们对诗歌的认识已经混乱不堪,在立意、取材和文

---

① 殷维.乌青"废话诗"走红网络:白云真白啊/很白/贼白[A].凤凰网 http://news.ifeng.coM/society/2/detail_2012_03/30/13544257_0.shtMl.

字方面,已没有任何是非界限和评判标准。如何引导人们走出这种误区,笔者一时没有深入的研究,也无意作出更多的评论,但阿诺德关于诗歌要给人以真、善、美的价值取向,要崇高、严肃的道德准则,无疑给当今诗人的创作和当代诗歌的评价确立了一个指向性的标杆。

当前,我国各族人民正在建设中国特色社会主义的康庄大道上阔步前进。习近平总书记在文艺工作座谈会上指出:"实现'两个一百年'奋斗目标、实现中华民族伟大复兴的中国梦是长期而艰巨的伟大事业。伟大事业需要伟大精神。实现这个伟大事业,文艺的作用不可替代,文艺工作者大有可为。""我国作家艺术家应该成为时代风气的先觉者、先行者、先倡者,通过更多有筋骨、有道德、有温度的文艺作品,书写和记录人民的伟大实践、时代的进步要求,彰显信仰之美、崇高之美,弘扬中国精神、凝聚中国力量,鼓舞全国各族人民朝气蓬勃迈向未来"。[①]

---

[①] 中共中央文献研究室.习近平总书记重要讲话文章选编[M].北京:中央文献出版社,党建读物出版社,2016.P185-186.

# 结　语

　　对于马修·阿诺德,我国著名的诗歌翻译家飞白先生曾有这样一段中肯而精辟的评价:"一般地说,由于创作与评论的思维方式不同,一个人很难二者兼长,可是诗人马修·阿诺德同时是维多利亚时代最重要的评论家,在英国批评史上占有重要地位。两种名声不相上下,是个罕见的例子。不过也许正由于此,他的诗与其他诗不同:比较清澈明朗,富于哲理性,是沉思的诗而不是梦幻的诗,有古典的韵味而少浪漫的热情,虽不是才华横溢,但写得既真又美。"①

　　通过前面的梳理、细读和研究,我们可以发现,不论是诗学理论、诗歌创作还是诗人评价,"诗歌即人生批评"始终是贯穿阿诺德诗学生涯的一条红线。在这条红线的指引下,阿诺德形成了自己对于诗歌宗旨、题材选择、表达运用、批评态度、评判准则、翻译要义等方面一系列的独到观点和看法,构建了一套相对完整的诗学理论体系。在这条红线的指引下,阿诺德也对自己的诗歌创作有着极严格的道德标准和诗意要求,并在诗歌选录方面身体力行自己的观点和入选标杆,决不姑息和将就。在这条红线的指引下,阿诺德还对许多自己崇敬多年的先辈诗人进行了超然无执、客观公允的评价,并在评价中克服自己的主观偏好和历史纷扰,形成了视角独特的"真实评价"。

　　当然,阿诺德的诗学理论、诗作赏析和诗人评价,也引发了中西诗界经久不息的争论和研讨。文学和艺术,自古以来就有"百花齐放、百家争鸣"的风格呈现;相应也就有"仁者见仁、智者见智"的观点纷争和思想碰撞。对于阿诺德的诗学研究,应当切合其身处的时代背景、个人的心路历程、诗学的文化渊源和思想的针对话题来理解和把握。金无足赤,人无完人,阿诺德的诗学理论、创作和批评肯定亦有其时代和阶级的局限。但正如美国文论家韦勒克十分中肯的评价:"阿诺德的批判精

---

① 勃朗特等,著.樱花正值最美时——英国维多利亚时代诗选(下卷)[M].飞白,编译.长沙:湖南文艺出版社,,2015.P37.

神辩护、强调真实评价的批评理论,乃至于他论述的诗歌概念(固然受教谕态度的限制)则是他对英国批评的巨大贡献。"①

　　阿诺德的"诗歌即人生批评",是其推崇的希腊精神在文学领域逻辑延伸的必然结果。自阿诺德之后,亨利·詹姆斯(Henry James)、利维斯(F. R. Leavis)等人,都宣扬一种与人生相联系的道德批评,这构成了英国文学批评的一种优良传统,也成为英国文学宝库的一道亮丽风景。阿诺德主张诗歌要给人以真、善、美的价值取向,要遵循崇高、严肃的道德准则,无疑亦给当今诗坛的扶正祛邪确立了一个指向性标杆;也给中国繁荣社会主义文艺事业汇聚了相应的正能量。

---

　　① ［美］雷纳·韦勒克.近代文学批评史(1750－1950)(第四卷)[M].杨自伍,译.上海:上海译文出版社,1997.P210.

# 参 考 文 献

**外文著作**

[1] Allott, Kenneth. ed. *The Poems of Matthew Arnold*. London: Longmans, 1965.

[2] *Matthew Arnold*. London: Longmans, Green & Co., 1955.

[3] Arnold, Matthew. *A French Eton and Schools and Universities in France*. Macmillan, London, 1892.

[4] *Essays by Matthew Arnold*. Oxford: Oxford University Press. 1914.

[5] *Essays in Criticism: First and Second Series*. London: Everyman's Library, 1969.

[6] *Irish Essays and Others*. London: Smith, Elder and Co., 1891.

[7] *Mixed Essays*. London: Smith, Elder & Co. 1879.

[8] *Schools and Universities on the Continent*. London: Macmilllan, 1868.

[9] Bamford, T. W. *Thomas Arnold on Education*. Cambridge: Cambridge University Press, 1970.

[10] Bouton, Archibald L., ed. *Matthew Arnold Prose and Poetry*. New York: Charles Scribner's Sons. 1927.

[11] Bryson, John, ed. *Matthew Arnold: Poetry and Prose*. London: Rupert Hart-Davis. 1954.

[12] Buckler, William E. *On the Poetry of Matthew Arnold: Essays in Critical Reconstruction*. New York: New York University Press, 1982.

[13] Bush, Douglas. *Matthew Arnold: A Survey of His Poetry and Prose*. London and Basingstoke: The Macmillan Company, 1971.

[14] Connell, W. F. *The Educational Thought and Influence of Matthew Ar-

*nold*. London: Routledge & Kegan Paul Ltd, 1950.

[15] Davis, Philip. *The Oxford English Literary History*. Vol. 8 Beijing: Foreign Language Teaching and Research Press, 2007.

[16] Douglas Bush, *Matthew Arnold: A survey of His Poetry and Prose*. London and Basingstoke: The Macmillan Company, 1971.

[17] Eliot, T. S. *Notes Toward the Definition of Culture*. London: Faber & Faber Limited, 1962.

[18] Gossman, Lionel. "Philhellenism and Antisemitism: Matthew Arnold and his German Models", *Comparative Literature*, 46(1994): 1-39.

[19] Gross, John, "Matthew Arnold and Us", *Commentary* 98, No. 1, July 1994.

[20] Hamilton, Susan, "The Function of Criticism At the Present Time: Overview", *Reference Guide to English Literature*, 2nd ed., Ed. L. Kirkpatrick. MI: St. James Press, 1991.

[21] Honan, Park. *Matthew Arnold: A Life*. Massachusetts: Harvard University Press, 1983.

[22] Jacobs, Joseph. "A review of 'Discourses in America'". *The Athenaeum*, Vol. 1, No. 3009, June 27, 1885.

[23] Johnson, Lesley. *The Cultural Critics: from Matthew Arnold to Raymond Williams*. Boston: Routledge & Kegan Paul, 1979.

[24] Johnson, William Savage. *Selections from the Prose Works of Matthew Arnold*. Massachusetts: Houghton Mifflin Company, 1913.

[25] Lowry, Howard Foster, ed. *The Letters of Matthew Arnold to Arthur Hugh Clough*. New York: Russell & Russell. 1968.

[26] Marcus, Steven. "Culture and Anarchy Today". *The Southern Review*. 3 (1993): 433-52.

[27] Marvin, Francis Sydney, ed. *Reports on Elementary School*, 1852—1882. London: H. M. S. O. 1908.

[28] McGowan, John. "Matthew Arnold", *The Oxford Encyclopedia of British*

*Literature*, Vol. 1, David Scott Kastan, ed. Shanghai: Shanghai Foreign Language Education Press, 2009.

[29] Milner, Andrew and Jeff Browitt. *Contemporary Cultural Theory*. 3rd ed. New York: Routledge, 2002.

[30] Musgrave, P. W. *Society and Education in England Since 1800*. London: Routledge, 1968.

[31] Palmer, Imelda. *Matthew Arnold: Culture, Society and Education*. Melbourne: The Macmillan Company of Australia Pty Ltd., 1979.

[32] Payne, Michael. "Some Versions of Cultural and Critical Theory". *On Temporary Western Cultural Criticism: A Reader*. Wang Xiaolu, Shi Jian and Xiao Wei. Chendu: Si Chuan University Press, 2004.

[33] Peltason, Timothy. "The Function of Matthew Arnold at the Present Time". *College English*, 56(1994).

[34] Pratt, Linda Ray. "Culture against Anarchy". *Matthew Arnold Revisited*. New York: Twayne Publishers, 2000.

[35] Raleigh, John Henry. *Matthew Arnold and American Culture*. Berkeley: University of California Press, 1957.

[36] Russell, George W. E. *Letters of Matthew Arnold: 1848—1888*. Vol. 1. New York: Macmillan and Co., Ltd. 1901.

[37] *Letters of Matthew Arnold: 1848—1888*. Vol. 2. New York: Macmillan and Co., Ltd, 1901.

[38] Sandford, F, ed. *Reports on Elementary Schools, 1852—1892*. London: Macmillan, 1889.

[39] Schneider, Mary W. "The Great Work of Criticism". *Poetry in the Age of Democracy: The Literary Criticism of Matthew Arnold*. Lawrence: University Press of Kansas, 1989.

[40] Sherman, Stuart P. *Matthew Arnold: How to Know Him*. New York: the Bobbs-Merrill Company, 1917.

[41] Spencer, Herbert. *On Education*. Ed. F. A. Cavenagh. Cambridge: Cam-

bridge University Press, 1932.

[42] Stanley, Arthur Penrhyn. *Life and Correspondence of Thomas Arnold*, D. D., Vol. 1. London: George Woodfall and Son, 1845.

[43] Stanley, Carleton. *Matthew Arnold*. Toronto: The University of Toronto Press, 1938.

[44] Sterner, Douglas W. "Matthew Arnold, The Apostle of Culture", *Priests of Culture: A Study of Matthew Arnold and Henry James*. New York: Peter Lang. 1999.

[45] Super, R. H. ed. *Matthew Arnold*. Oxford: Oxford University Press, 1980.

[46] *The Complete Prose Works of Matthew Arnold*. Vol. 1. Ann Arbor: The University of Michigan Press, 1986.

[47] *The Complete Prose Works of Matthew Arnold*. Vol. 2. Ann Arbor: The University of Michigan Press, 1983.

[48] *The Complete Prose Works of Matthew Arnold*. Vol. 3. Ann Arbor: The University of Michigan, 1990.

[49] *The Complete Prose Works of Matthew Arnold*. Vol. 4. Ann Arbor: The University of Michigan Press, 1990.

[50] *The Complete Prose Works of Matthew Arnold*. Vol. 5. Ann Arbor: The University of Michigan Press, 1965.

[51] *The Complete Prose Works of Matthew Arnold*. Vol. 6. Ann Arbor: The University of Michigan Press, 1980.

[52] *The Complete Prose Works of Matthew Arnold*. Vol. 8. Ann Arbor: The University of Michigan Press, 1972.

[53] *The Complete Prose Works of Matthew Arnold*. Vol. 9. Ann Arbor: The University of Michigan Press, 1973.

[54] *The Complete Prose Works of Matthew Arnold*. Vol. 10. Ann Arbor: The University of Michigan Press, 1974.

[55] *The New Encyclopedia Britannica*, V10, 15th edition. 2002.

[56] Tillotson, Geoffrey. *Criticism and the Nineteenth Century*. London：The Athlone Press, 1951.

[57] Trilling, Lionel. *Matthew Arnold*. New York：Meridian Books, 1955.

[58] *The Portable Matthew Arnold*, New York, The Viking Press, 1963.

[59] Tylor, E. B. *Primitive Culture：Researches into the Development of Mythology, Philosophy, Religion, Art and Custom*. New York：Putnam, 1920.

[60] Watson, George. "Matthew Arnold". *The Literary Critics*. London：The Hogarth Press, 1986.

[61] Willey, Basil. *Nineteenth Century Studies：Coleridge to Matthew Arnold*. London：Chatto & Windus, 1955, P252.

[62] Williams, Raymond. *Culture and Society 1780—1950*. London：Chatto & Windus Ltd. 1958.

[63] Wilson, J. Dover, ed. *Culture and Anarchy*. Cambridge：Cambridge University Press, 1946.

[64] "Editor's Introduction". *Landmarks in the History of Education：Culture and Anarchy*. Cambridge：Cambridge University Press, 1955.

[65] Woodward, E. L. *The Age of Reform, 1815—1870*. Oxford：Clarendon Press, 1946.

**中文专著**

[1] [德]马克思,恩格斯.共产党宣言[M].北京：人民出版社,1997.

[2] [德]马克思.资本论(第一卷)[M].北京：人民出版社,1975.

[3] 段怀清.白璧德与中国文化[M].北京：首都师范大学出版社,2006.

[4] 飞白.诗海游踪：中西诗比较讲稿[M].杭州：浙江工商大学出版社,2011.

[5] 李幼蒸.历史符号学[M].桂林：广西师范大学出版社,2003.

[6] 李振中.追求和谐的完美——评马修阿·诺德文学与文化批评理论[M].上海：上海外语教育出版社,2009.

[7] 刘锋.《圣经》的文学性诠释与希伯来精神的探求：马修·阿诺德宗教思想研究[M].北京：北京大学出版社,2007.

[8] 刘守兰.英美名诗解读[M].上海：上海外语教育出版社,2003.

[9] 吕佩爱.马修阿·诺德的文化批评理论及其当代价值研究[M].上海：同济大学出版社,2015.

[10] [美]雷纳·韦勒克.近代文学批评史(1750—1950)(第四卷)[M].杨自伍,译.上海：上海译文出版社,1997.

[11] 钱青.英国19世纪文学史[M].北京：外语教学与研究出版社,2006.

[12] 谭载喜.西方翻译简史[M].北京：商务印书馆,1991.

[13] 陶洁等.希腊罗马神话一百篇[M].北京：中国对外翻译出版公司,商务印书馆(香港)有限公司,1989.

[14] 伍蠡甫,翁玉钦.欧洲文论简史[M].北京：人民文学出版社,1985.

[15] 伍蠡甫.西方古今文论选[M].上海：复旦大学出版社,1984.

[16] 吴宓.雨僧诗文集[M].台北：地平线出版社,1971.

[17] [英]勃朗特等.樱花正值最美时——英国维多利亚时代诗选(下卷)[M].飞白,编译.长沙：湖南文艺出版社,2015.

[18] [英]弗特帕尔格雷夫.英诗金库(下卷)[M].罗义蕴等,编注.成都：四川人民出版社,1987.

[19] [英]拉曼·塞尔登.文学批评理论——从柏拉图到现在[M].刘象愚等,译.北京：北京大学出版社,2000.

[20] [英]马修·阿诺德.安诺德文学评论选集："评荷马史诗的翻译"及其他[M].殷葆瑮,译.北京：人民文学出版社,1958.

[21] [英]马修·阿诺德."甘甜"与"光明"——马修·阿诺德新译8种及其他[M].贺淯滨,译.开封：河南大学出版社,2011.

[22] [英]马修·阿诺德."诗歌题材的选择"[A].吴苏敬,译.十九世纪英国文论选[Z].北京：人民文学出版社,1986.

[23] [英]马修·阿诺德.文化与无政府状态——政治与社会批评[M].韩敏中,译.北京：生活·读书·新知三联书店,2008.

[24] [英]马修·阿诺德.友谊的花环[M].吕滇雯,译.北京：中国文学出版社,2000.

[25] [英]乔治·桑普森.简明剑桥英国文学史[M].刘玉麟,译.上海：上海外语教

育出版社,1987.

[26] [英]特瑞·伊格尔顿.文化的观念[M].方杰,译.南京:南京大学出版社,2006.

[27] 杨冬.西方文学批评史[M].吉林:吉林教育出版社,1998.

[28] 张玉能.西方文论[M].武汉:华中师范大学出版社,2002.

[29] 张云鹏,文化权:自我认同与他者认同的向度[M].北京:社会科学文献出版社,2007.

[30] 中共中央文献研究室.习近平总书记重要讲话文章选编[M].北京:中央文献出版社,党建读物出版社,2016.

**学位论文**

[1] 吕佩爱.科学精神与人文关怀——马修·阿诺德的文化观研究[D].华东师范大学,2008.

[2] 王华勇.文化与焦虑:马修·阿诺德诗歌研究[D].浙江大学,2013.

**期刊论文**

[1] 曹莉.文化自觉与文化批评的新契机——阿诺德、利维斯、威廉斯对我们的启示[J].中国比较文学,2010(03).

[2] 程亚文.指望一种"好"文化?——宗教与世俗之见的思考[J].东方文化,2003(5).

[3] 飞白.诗人何以孤独——诗海游踪·之四[J].名作欣赏,2010(34).

[4] 高秀丽.走向完美:超越诗歌功能的文化建构——文本《多佛海滩》的实验分析[J].外语学刊,2007(5).

[5] 韩敏中.阿诺德、蔡元培与"文化"包袱[J].国外文学,2002(02).

[6] 胡先啸.评《尝试集》[J].学衡,1922(01).

[7] 黄弋.崇高风格呼唤崇高心灵——马修·阿诺德翻译思想探析[J].比较文学与世界文学,2013(2).

[8] 李俊.马修·阿诺德的人生批评论[J].黄冈师范学院学报,2002(5).

[9] 刘意青.评阿诺德"去个人好恶"的文学批评原则[J].英美文学研究论丛,

2009(02).

[10] 陆扬.文化定义辨析[J].吉首大学学报(社会科学版),2006(1).

[11] 吕佩爱.超然无执:文学批评的圭臬——马修·阿诺德批评理论解读[J].世界文学评论,2007(2).

[12] 吕佩爱.低头拉车与抬头看路——马修·阿诺德的文化改革观浅析[J].龙岩学院学报,2010(6).

[13] 吕佩爱.科学精神与人文关怀——论马修·阿诺德的文化观[J].英美文学研究论丛,2009(10).

[14] 吕佩爱.论马修·阿诺德的"真实评价"与爱默生[J].当代小说,2007(11).

[15] 吕佩爱.论马修·阿诺德《夜莺》一诗的创作特点和意境表达[J].龙岩学院学报,2012(6).

[16] 吕佩爱.马修·阿诺德的"人生批评"与英国浪漫主义诗人[J].同济大学学报(社会科学版),2004(05).

[17] 吕佩爱.马修·阿诺德在中国的译介与研究述评[J].世界文学评论,2013(15).

[18] 吕佩爱.行动乃诗歌生命之所系——论马修·阿诺德关于诗歌题材的选择[J].世界文学评论,2006(2).

[19] 吕佩爱."信仰之海"潮退的哀歌——读马修·阿诺德的《多佛海滩》[J].江南大学学报(社会科学版),2006(2).

[20] 梅光迪.安诺德之文化论[J].学衡,1923(14).

[21] 王守仁.赋予生存以美的形式——论马修·阿诺德的戏剧片断体诗[J].外国文学评论,2000(04).

[22] 王守仁 林懿.莎士比亚何以成为英国最具代表性文化符号——兼议我国代表性文化符号问题[J].外语研究,2014(3).

[23] 向天渊.马修·阿诺德与20世纪中国文化[J].重庆工商大学学报,2006(03).

[24] 肖滨.马修·阿诺德的古典主义[J].外语学刊,2010(03).

[25] 徐德林.作为有机知识分子的马修·阿诺德[J].国外文学,2010(03).

[26] 杨剑龙.批评应从感悟开始——兼及当今文学批评的某些偏向[N].文汇报,2005-01-18.

[27] [英]马修·阿诺德著.蒋贻瑞译.《华兹华斯诗歌选》序言[J].扬州师院学报（社会科学版），1986(3).

[28] 易晓明.创造与再创造——论诺·弗莱的精英文化理论[J].河南大学学报（社会科学版），2003(3).

[29] 殷企平.夜尽了，昼将始：《多佛海滩》的文化命题[J].外国文学评论，2010(4).

[30] 于文秀.经典大众文化批判理论评析[J].学术界，2003(4).

[31] 张建青.追求超然无执的健全理智——马修·阿诺德的文学批评观[J].兰州学刊，2007(09).

[32] 赵国新.马修·阿诺德的"天人之策"[J].学海，2011(03).

[33] 周淑媚.论学衡派的思想资源——阿诺德的文化论与白璧德的人文主义[J].东海中文学报，2009(21).

**网络文献**

[1] 韩寒.写诗的人比看诗的人还多[A].百度贴吧 http://tieba.baidu.com/m/p/1298665617.

[2] http://goddy0223.wordpress.coM/2009/09/20/每周一诗%EF%BC%8823%EF%BC%89——《夜莺》.

[3] 许知远.《经济观察报—书评增刊》发刊词：马修·阿诺德的遗产[A].中国经济网 http://www.ce.cn/books/read/2005/xwydhxb/lz/200511/22/t20051122_5285505.shtml.

[4] 殷维.乌青"废话诗"走红网络：白云真白啊/很白/贼白[A].凤凰网 http://news.ifeng.com/society/2/detail_2012_03/30/13544257_0.shtml.